Der Doktor und die lieben Leute
Medizinische Erlebnisse der besonderen Art

Allen meinen Lieben,
die mich auf dem Weg durch unsere schöne Welt
begleiten,
in tiefster Zuneigung gewidmet.

Der Doktor und die lieben Leute

Medizinische Erlebnisse der besonderen Art

Impressum

© William D. MONTENERO
A. D. MMV

Umschlaggestaltung:
Thomas E. LEIRER

Herstellung und Verlag:
Books on Demand G. m. b. H.
Norderstedt
Printed in Germany

ISBN 3-8334-2998-4

WWW . WILLIAM-D-MONTENERO . COM
feedback@william-d-montenero.com

Inhaltsverzeichnis

Hinweis

Sämtliche Geschichten dieses Buches
beruhen auf wahren und vom Autor definitiv selbst
erlebten Begebenheiten.

Die handelnden Charactere und Protagonisten
wurden jedoch - ebenso wie die Localitäten - derart
verändert, daß keinerlei Rückschlüsse auf tatsächlich
lebende Personen gezogen werden können.

Weiß man denn, was einen gesund gemacht hat ?
Die Heilkunst, das Schicksal,
der Zufall oder gar Oma's Gebet ?

Michel de MONTAIGNE
(1533 bis 1592)
französischer Schriftsteller, Essayist und Philosoph

Praeludium

Viele, ja ungezählte Erlebnisse kann man im Laufe der Jahre sammeln, wenn man eine Praxis als Landarzt führt. Ich selber habe bereits vor langer Zeit damit begonnen, die mannigfachen heiteren - aber oftmals durchaus auch besinnlichen ! - Episoden zu sammeln und aufzuzeichnen; als Dokumente jener tiefen Menschlichkeit, die uns eigentlich alle prägen und täglich begleiten sollte. In diesen kleinen Erlebnissen des Alltags spiegeln sich oft mehr philosophische Weisheiten als in so manch' schlauem Buch; außerdem repräsentieren die handelnden Personen einen gültigen Querschnitt durch alle Facetten der menschlichen Existenz - einmal heiter, manchmal wolkig; ab und an aber eben auch tiefgründig und besinnlich.

Immer wieder ertappe ich mich in diesem Zusammenhang dabei, daß ich einfach still über die jeweilige Situation in mich hineinlächle oder mich im Geheimen über manch' seltsames Verhalten eines Patienten amüsiere; auch wenn dies nicht unbedingt die feine englische Art sein mag. Aber was soll's - nichts Menschliches ist uns fremd; und zu komisch sind manche Ereignisse, die einem unterkommen, wenn man sich wachsame Augen, scharfe Ohren und vor allem ein offenes Herz für die kleinen Schwächen des Lebens bewahrt hat.

So möge das vorliegende Buch einerseits erheitern, andererseits aber auch ein wenig zum Nachdenken anregen; zur Reflexion aller Aspekte unseres diesseitigen Lebens.

Nun müssen wir uns aber ein wenig orientieren, wenn wir wissen wollen, in welchen Gefielden unsere Geschichten spielen, und mit welchen Personen wir es zu tun bekommen werden. Neue Menschen, andere

Landschaften und viele interessante Geschichten zu hören - wen wollte dies alles nicht begeistern? Genau das verspricht das vorliegende Buch und - man kann sich darauf verlassen! Also los, machen wir einen Blick auf die Landkarte: Flowerfield City liegt mitten in den Rocky Mountains. Das ist jene Gebirgskette, die im Westen der Vereinigten Staaten von Amerika vom hohen Norden Alaskas nach Süden zieht und durch eine wunderschöne, üppig bewachsene sowie reich bewaldete Landschaft gekennzeichnet ist. Ungezählte klare Gebirgsseen findet man dort ebenso wie geheimnisvolle Lichtungen und verträumte kleine Siedlungen. Eines dieser vielen heimeligen Städtchen nennt sich Flowerfield City. Etwas weniger als eintausendfünfhundert Menschen wohnen in diesem Ort und noch einmal gut doppelt so viele in den umliegenden kleineren Gemeinden. Da kommt schon eine ganz schöne Menge an Arbeit zusammen, wenn man sich in einer solchen Gegend als Landarzt eine Praxis eingerichtet hat. Dr. William D. Montenero hat sich vor einigen Jahren entschlossen, in Flowerfield City seinen Berufs- und Wohnsitz aufzuschlagen, und seine Tätigkeit dort macht ihm heute noch genausoviel Spaß wie am ersten Tag. Er lebt mit seiner Gattin Beverly in der schmucken kleinen Stadt, und beide arbeiten jahraus, jahrein in ihrer gemeinsamen Ordination. Mit von der Partie ist auch noch Sr. Mildred. Sie ist die Assistentin, die ihren Chefs bei den verschiedensten Tätigkeiten behilflich ist.

Dr. Montenero ist einer von jenen Ärzten, die noch sehr viele Hausbesuche machen, wobei er mit einem Jeep zu seinen Patienten fährt. Damit er schneller zu den diversen dringlichen Fällen kommen kann, ist dieses Fahrzeug mit Einsatzblinklicht und Sirene ausgestattet. Dabei kann es dann gelegentlich auch schon einmal vorkommen, daß sich das eine oder andere Reh ängstlich hinter einem Baum versteckt, wenn der Doktor wieder einmal mit ohrenbetäubendem Getöse zu einem Notfall braust.

Trotz dieses stressigen Jobs macht Dr. William D.

Montenero seine Arbeit ausgesprochen gerne und ist auch jederzeit zu einem kleinen Scherzchen aufgelegt. Insbesondere faszinieren ihn dabei jene kleinen Erlebnisse, die nicht nur oberflächlich amüsant sind, sondern - ganz im Gegenteil ! - einen gewissen Tiefgang ganz besonderer Art haben. Lassen wir uns also jetzt, wo uns auch die Legende der Geschichten geläufig ist, in eine Welt von eigentümlichem Reiz entführen - dorthin, wo andauernd allzu Menschliches auf der Tagesordnung steht.

Der Kurantrag

s war an einem stillen Nachmittag, als ein kleiner, mittelalterlicher, gebückter Mann zu mir in die Ordination kam. Man konnte ihm ansehen, daß er in seinem ganzen Leben viel und schwer gearbeitet hatte, denn er bewegte sich vorsichtig und behutsam. Offensichtlich plagten ihn Schmerzen in vielen Gelenken.

"Guten Tag, Mr. Armstrong", begrüßte ich den Mann und machte mir innerlich bereits Gedanken über die Therapie, die ich ihm in weiterer Folge angedeihen lassen würde, "wie geht es Ihnen denn ?"

"Grüß Gott, Herr Doktor", antwortete der Patient und kniff die Augen ein wenig zusammen, "heute ist es wieder ganz arg. Ich kann mich gar nicht richtig gerade halten."

Mit diesen Worten plumpste er in den Ordinationssessel und machte es sich bequem. Ich hörte mir seine Beschwerden an und schlug dem Patienten verschiedene Behandlungen vor. So sprachen wir über eine Injectionskur, über Infusionen, über Bestrahlungen oder einfach über Tabletten oder Crèmes. Als ich bemerkte, daß dem guten Mann eigentlich nichts so richtig convenierte, schlug ich ihm sozusagen als ultima ratio noch einen Kuraufenthalt in einem wunderschönen Sanatorium vor. Mr. Armstrong bekam sogleich leuchtende Augen und hörte sich meine Schilderungen ganz genau an. Letztendlich war er Feuer und Flamme dafür und bat mich, alles nötige in die Wege zu leiten. Ich versprach ihm, das zu tun und bestellte ihn für den übernächsten Tag zum Unterschreiben des Kurantrages an seine Krankenkasse wieder in meine Ordination.

Mr. Armstrong kam tatsächlich pünktlich zum vereinbarten Termin und unterzeichnete das vorbereitete Papier, wobei mir allerdings auffiel, daß der Patient an diesem Tag etwas nachdenklich zu sein schien. Aus eben diesem Grunde sprach ich ihn auch darauf an:

"Was ist denn heute los mit Ihnen, Mr. Armstrong ? Ich habe das Gefühl, daß Sie irgendetwas bedrückt !"

"Da haben Sie schon recht, Herr Doktor", meinte der Patient bereitwillig, "ich wollte Ihnen heute irgendetwas sagen. Leider habe ich aber vergessen, was das war."

"Na, das macht ja nichts, Mr. Armstrong", beruhigte ich ihn, "es wird Ihnen schon wieder einfallen. Sie können es mir dann ja beim nächsten Mal mitteilen. Ich schicke jedenfalls heute noch den Kurantrag weg, damit Sie den Aufenthalt so rasch wie möglich bewilligt bekommen."

Der Patient war einverstanden und verabschiedete sich. Ich meinerseits dachte nicht weiter über die Sache nach und setzte meine Arbeit in der Ordination fort.

Nach weiteren zwei Tagen kam Mr. Armstrong erneut zu mir und schien ganz aufgeregt zu sein.

"Jetzt weiß ich endlich, was ich Ihnen sagen wollte, Herr Doktor", sprudelte es mit bisher nicht gekannter Behendigkeit aus ihm hervor, "es geht um die Kur !"

"Ja, was ist denn mit der Kur ?", antwortete ich ihm. "Gibt es irgendein Problem damit ?"

"Das nicht", meinte Mr. Armstrong, "aber als ich vorgestern zum Unterschreiben des Antrages da gewesen bin, wollte ich Ihnen sagen, daß ich eigentlich gar nicht zur Kur fahren möchte. Ich hatte es total vergessen; aber jetzt weiß ich es wieder !"

Mir hatte es total die Sprache verschlagen. Man muß sich das ganze so richtig auf der Zunge zergehen lassen: Da kommt der gute Mann zu mir in die Ordination; einzig und allein zu dem Zweck, einen Kurantrag zu unterschreiben. Und dabei vergißt er darauf, mir zu sagen, daß er eben diese Kur, für die er gerade den Antrag unterschrieben hat, gar nicht haben will. Da kann einem ja wirklich nur mehr Franz Kafka einfallen !

In weiterer Folge habe ich Mr. Armstrong dann einige Injectionen verpaßt und eine Crème verschrieben; zusätzlich hat er noch ein gedächtnisstützendes Medikament bekommen. Ob es etwas genützt hat, kann ich allerdings nicht so richtig beurteilen; einen Kurantrag habe ich ihm nämlich nie mehr zum Unterschreiben vorgelegt !

Die Ohrenfeuerwehr

Es war ein regnerischer Vormittag; einer jener Tage, wo man eigentlich lieber im Bett geblieben wäre, anstatt sich dem unbarmherzigen Streß des Berufslebens auszusetzen. Auch die Patienten in der Ordination schienen samt und sonders ebenso trübsinnig wie das Wetter zu sein, denn kaum einer hatte eine freundliche Miene aufgesetzt. So tröpfelten die Stunden eher lustlos dahin. Als sich dann der Vormittag bereits dem Ende zuneigte, schickte mir meine Assistentin noch einen jungen Burschen von knapp siebzehn Jahren in deutlichem Punker-Outfit bei der Tür herein, der offensichtlich kaum noch etwas zu hören vermochte. Der Gute kam widerwillig in Begleitung seiner Mutter und hatte sich die Ohren offensichtlich seit Monaten nicht mehr gewaschen. Aus diesem Grunde zeigte sich jetzt in beiden Gehörgängen das, was man gemeinhin als 'Kartoffelacker' bezeichnet.

"Kann man da etwas machen ?" fragte Mrs. Wellington - so hieß die Mutter des Patienten - treuherzig. "Es ist mit dem Billy nämlich nicht mehr auszuhalten. Er hört fast nichts und ignoriert es daher meistens völlig, wenn man ihn anspricht."

Ich konnte mich des Eindruckes nicht erwehren, daß die Hörschwierigkeiten des lieben Billy-Punkers mit seiner Rasierklinge im rechten Ohr durchaus nicht nur ein medizinisches Problem darstellten. Offensichtlich kam es dem jungen Mann ganz gelegen, in seinen verstopften Ohren über eine gute Ausrede für das Überhören elterlicher Zurechtweisungen zu verfügen. Darauf konnte ich Mrs. Wellington allerdings natürlich nicht in dieser Form hinweisen, und so meinte ich nur beruhigend:

"Wir werden das schon hinkriegen ! In Zukunft muß

sich der Billy halt die Ohren ein wenig besser waschen. Dann kann so etwas nicht mehr derart leicht passieren."

Sr. Mildred hatte in der Zwischenzeit bereits alle 'Feuerwehr-Utensilien hergerichtet und führte Mrs. Wellington mit ihrem Punker-Sohn in den Behandlungsraum. Billy nahm auf dem entsprechenden 'Folter'-Stuhl Platz und bekam einen Umhang umgeschnallt. Ich begab mich ebenfalls zu ihm, stellte mich in Positur, und unmittelbar danach gab mir meine Assistentin die mit lauwarmem Wasser gefüllte Spritze in die Hand. In diesem Augenblick mischte sich Mrs. Wellington mit strenger Stimme in die Behandlung ein, indem sie - zu ihrem Sohn gewandt - offenbar allen Ernstes meinte:

"Stecke Deinen Zeigefinger in Dein Ohr, Billy, damit das Wasser nicht links herausrinnt, wenn der Herr Doktor beim rechten Ohr hineinspritzt."

Ich muß im ersten Moment wohl etwas verdattert und verständnislos dreingeschaut haben:

Warum sollte der Patient den Zeigefinger ins Ohr stecken ? Damit das Wasser nicht links herausrinnt, wenn ich es beim rechten Ohr hineinspritze ? So ein Unsinn - es gibt doch keinen direkten Verbindungsgang zwischen den beiden Ohren ! Wollte mich Mrs. Wellington etwa pflanzen ? Dazu hätte sie doch keine Veranlassung gehabt; außerdem war die Gute immer schon ein völlig humorloser Mensch gewesen !

Sr. Mildred, die die Bemerkung von Billy's Mutter zuerst ebenfalls mit verständnislosem Blick quittiert hatte, gewann rasch ihre Fassung wieder und meinte - während sie mir kurz zuzwinkerte - spitz:

"Sie müssen sich hinter den Patienten stellen, Mrs. Wellington. Es könnte sonst nämlich passieren, daß Sie naß werden, wenn Wasser aus dem Ohr spritzt. Möglicherweise dichtet der Zeigefinger den Gehörgang doch nicht ganz ab. Da wäre es dann schon sehr schade um Ihre elegante Bluse !"

Jetzt verstand ich überhaupt nur mehr 'Bahnhof'. Ich machte mir aber keine weiteren Gedanken, sondern spülte dem Patienten, der inbrünstig seinen Zeigefinger ins linke Ohr preßte, zuerst den rechten Gehörgang durch. In weiterer Folge kam auch die andere Seite an die Reihe, nicht ohne die Anweisung von Billys Mutter befolgt gesehen zu haben, "... doch jetzt wohl ganz schnell den anderen Zeigefinger in das rechte Ohr zu stecken, weil der Herr Doktor ja schließlich auch die zweite Seite durchputzen muß !"

Ich war knapp daran, meiner Assistentin die Anweisung zu geben, mir eine Rohrbürste zu reichen, um dann sozusagen den letzten Schliff anzubringen und die angeblich kommunizierenden Gehörgänge gleich in einem durchpolieren zu können. In Anbetracht des nötigen Ernstes, mit dem man eine medizinische Behandlung aber halt doch durchführen sollte, verzichtete ich darauf und meinte lediglich augenzwinkernd:

"Geben Sie unserem Billy bitte noch Watte in beide Ohren hinein, Sr. Mildred. Es ist heute doch ein wenig windig draußen, und wir wollen ja nicht, daß es zwischen den beiden Kopfseiten zu einem Durchzug kommt, wenn die Gehörgänge jetzt so perfekt durchgeputzt sind !"

Über diesen Akt besonderer Fürsorge äußerte sich Mrs. Wellington in den höchsten Tönen lobend, und auch ihr Sohn schien recht zufrieden mit der Behandlung gewesen zu sein.

Ich war es auch - besonders aber konnte ich mich mit der Tatsache anfreunden, daß die beiden ein paar Minuten später meine Ordination verließen. Es wäre mir - bei aller medizinischen Ethik - kaum noch länger möglich gewesen, eine ernsthafte Miene zu soviel unfreiwilliger Komik zu machen !

Die Crème de la Crème

In Silvercreek, einer kleinen - zu meinem engsten Praxisgebiet gehörenden - Gemeinde, lebte seit vielen Jahren die Witwe eines früheren Generals der U. S. Army, der sich seine ersten Lorbeeren womöglich noch unter Präsident Abraham Lincoln verdient hatte. Die alte Dame hieß Helen Cunningham und war der Inbegriff dessen, was man sich unter einer schneidigen Offiziersgattin vorzustellen pflegte. Sie hatte ihre Umwelt total auf Schuß, und so mußte auch ich als ihr Arzt in regelmäßigen Abständen sozusagen 'zum Rapport' erscheinen. Die betagte Dame pflegte mich dabei jedesmal mit irgendeinem neuen Wehwehchen zu überraschen und war trotz ihres hohen Alters von damals sechsundachtzig Jahren durch die verschiedenen 'Fach'-Artikel der Regenbogenpresse ständig auf dem neuesten Stand der internationalen Skurrilmedizin, wobei sie mich mit diesen Weisheiten dann bei jedem meiner Besuche nach Herzenslust quälte. Im allgemeinen kamen wir beide aber eigentlich recht gut miteinander zurecht. Dabei hatte ich gerade mit dieser Patientin ein schlicht und einfach unvergeßliches Erlebnis:

Ich fuhr - es war Sommer - unmittelbar vor meinem Urlaubsbeginn noch einmal schnell in Silvercreek vorbei und sah nach der alten Generalswitwe. Die Gute sollte mich während meiner dreiwöchigen Abwesenheit ja nicht ganz vergessen.

"Guten Tag, Mrs. Cunningham" begrüßte ich die alte Frau mit ausgesuchter Höflichkeit, "wie geht es Ihnen denn heute ?"

"Fragen Sie mich nicht so dumm, Herr Doktor", keifte die liebliche Pensionistin zurück, "Sie wissen genau, wie ich tagein, tagaus leiden muß !"

Das wußte ich zwar nicht - Mrs. Cunningham war für ihr Alter nämlich bestens in Form ! - ich wollte ihr aber dennoch nicht widersprechen. Also hörte ich mir geduldig und zum wiederholten Male alle Wehwehchen bis zurück zur Depression wegen der Ermordung von Präsident Abraham Lincoln im Jahre 1865 an und war baß erstaunt, als die gute Dame gegen Schluß der Unterhaltung sogar noch ein neues Leiden zu bieten hatte:

"... und überhaupt, Herr Doktor: seit vorgestern habe ich einen gräßlichen Ausschlag im Gesicht. Das ist sicher ein Hautkrebs !"

"Immer langsam mit den jungen Pferden, Mrs. Cunningham", meinte ich beschwichtigend, "so arg wird es ja nicht gleich sein !"

"Ja, sagen Sie einmal: wollen Sie mir denn nicht einmal einen ganz kleinen Hautkrebs gönnen ?" fuhr mich die Patientin daraufhin an. "Das ist ja unerhört ! Ich weiß doch, wovon ich rede !"

"Aber natürlich, gnädige Frau", versuchte ich die alte Dame zu beschwichtigen, "lassen Sie uns das verdächtige Fleckchen Haut doch einmal begutachten."

Ich bemühte mich redlich, dennoch aber vermochte ich keinen 'Ausschlag', geschweige denn einen Hautkrebs im Gesicht der seltsamen Frau zu entdecken. Ungeachtet dessen mußte ich natürlich gute Miene zum bösen Spiel machen und verhielt mich so, als ob ich tatsächlich ein verdächtiges Fleckchen gefunden hätte.

"Dagegen müssen wir aber sofort etwas tun, Mrs. Cunningham", wandte ich mich daher mit sorgenvollem Blick an die Patientin, "ansonsten könnte auf Ihrer Wange in einigen Jahren womöglich ein wirklich schlimmes Gewächs entstehen. Ich werde Ihnen eine ganz besonders gute Crème verschreiben. Damit müssen Sie sich dann dreimal täglich an der betroffenen Stelle einschmieren. Wenn Sie das richtig machen, kann Ihnen diese böse Geschichte nichts anhaben und der Ausschlag wird in ganz kurzer Zeit wieder verschwinden. Ich werde mir das unmittelbar nach meinem Urlaub wieder ansehen."

Mrs. Cunningham war geradezu selig vor Freude, daß

ich ihren Ausschlag tatsächlich gefunden hatte. Ich trug dem natürlich dadurch Rechnung, daß ich ihr eine ganz besondere gemixte 'Wunder-Crème' - sozusagen die 'Crème de la Crème' schlechthin ! - verschrieb. Es handelte sich bei dem Mittel um eine ganz normale Allerweltsheilsalbe, mit der nicht einmal Mrs. Cunningham irgendeinen Schaden anrichten konnte. Dementsprechend war auch kaum anzunehmen, daß das Präparat großen Nutzen bringen würde, was ja aber auch gar nicht notwendig war, denn der 'Ausschlag' der alten Dame existierte sowieso nur in ihrer - zugegebenermaßen überaus blühenden - Phantasie !

Ich konnte also beruhigt meinen Urlaub antreten und genoß die drei Wochen auf Hawaii in vollen Zügen. Unmittelbar nach meiner Rückkehr fuhr ich natürlich sofort wieder nach Silvercreek und war schon irrsinnig gespannt, wie sich denn das imaginäre Exanthem der alten Generalswitwe entwickelt haben mochte. Wieder einmal erlebte ich dabei allerdings eine große Überraschung: Mrs. Cunningham empfing mich mit brennrotem Gesicht und furchtbarem Geschimpfe:

"Sie elender Quacksalber ! Was für eine mieserabliche Crème haben Sie mir denn für meinen schönen Ausschlag verschrieben ? Das hält ja kein Mensch aus; seit drei Wochen brennt mir mein Gesicht wie Feuer - bei jedem Einschmieren wird es stärker und außerdem immer röter und röter ! Sie wollen mich wohl umbringen !"

Ich war - gelinde gesagt - etwas überrascht von dieser gewaltigen verbalen Explosion der alten Dame und von der tatsächlich aus unerklärlichen Gründen aufge- schossenen Rötung; dennoch bemerkte ich mit einer gewissen Befriedigung, daß offenbar eine nicht unbeträchtliche Agilität von der Generalswitwe Besitz ergriffen hatte. Dies mußte man unbedingt zu konservieren versuchen - schließlich hatte sie sich vor drei Wochen noch in ihrem unermeßlichen Leiden gefallen.

"Nun sagen Sie doch einmal, Mrs. Cunningham", versuchte ich das Terrain zu sondieren, "wie war denn das mit der Crème ? Wann haben Sie das Brennen denn zum ersten Mal verspürt ?"

"Sofort, ganz sofort !", erwiderte die alte Dame. "Kaum hatte dieses Teufelszeug meine zarte Haut berührt, begann es auch schon höllisch zu jucken und zu brennen. Und das muß ich jetzt schon drei Wochen aushalten, während Sie sich herzloserweise irgendwo auf der anderen Seite der Welt in der Sonne aalen. Sie sind mir ein schöner Doktor !"

Ich ignorierte die boshaften Seitenhiebe, die Mrs. Cunningham auf mich niederprasseln ließ, und erkundigte mich weiter:

"Warum haben Sie denn die Crème weiterbenutzt, wenn sie Ihnen nicht gutgetan hat ? Sie hätten doch sofort damit aufhören können ?"

"Das würde Ihnen so passen", keifte die alte Dame zurück, "damit Sie nachher sagen können, ich hätte Ihre Anweisungen nicht befolgt ! Nein, nein, mein lieber Medizinmann, das wird nicht gespielt ! Ich tue das, was mir mein Doktor sagt - und wenn ich daran zugrunde gehe !"

Ob soviel heroischer Einstellung konnte ich nur mehr still in mich hineinlächeln. Ich wußte natürlich, daß meine 'Crème de la Crème' keinesfalls die Ursache für irgendein wie immer geartetes Brennen oder Jucken sein konnte. Dies der alten Frau mit logischen Argumenten plausibel machen zu wollen, war jedoch ein Ding der Unmöglichkeit und sohin ein reichlich sinnloses Unterfangen. Andererseits mußte aber mit der 'crèmigen' Therapie dennoch etwas grundlegend schiefgegangen sein; die Generalswitwe war nämlich tatsächlich im ganzen Gesicht über und über brennrot angelaufen. Jetzt hatte sie also wirklich und wahrhaftig ihren so heiß und so lange herbeigesehnten 'Ausschlag' eingefangen !

"Ich finde es toll, daß Sie meine Anweisungen so exakt befolgen, Mrs. Cunningham", tastete ich mich behutsam weiter vor, "da sieht man wieder einmal, was wirkliche Disziplin bedeutet. Nun zeigen Sie mir aber doch einmal die Tube mit dieser Crème. Vielleicht hat man Ihnen in der Apotheke irrtümlich ein falsches Präparat gegeben.

Das könnte doch eventuell die Erklärung für Ihre Beschwerden sein."

"Ja, freilich, jetzt ist auch noch die Apotheke schuld. Sie haben mir etwas Falsches verschrieben - geben Sie es doch endlich zu !", keifte die gute Helen und trippelte zu ihrem allerheiligsten Schränkchen, das seit ungezählten Jahren unmittelbar neben dem Bild von General Cunningham seinen angestammten Platz hatte und alle Arzneien und Medikamente beherbergte. Sie kramte kurz darin herum und faßte sich sodann mit überaus sicherem Griff eine grüne Tube. Dann kam sie zum Tisch zurück und warf mir das corpus delicti hin:

"Da haben Sie Ihr Teufelszeug ! Damit wollen Sie mich umbringen und mich noch mehr leiden lassen !"

Ich besah mir die Tube mit einer Mischung aus fassungslosem und ungläubigem Staunen und mußte wohl sehr verdattert dreingeschaut haben.

"Sind Sie ganz sicher, daß Sie sich d a m i t ganze drei Wochen das Gesicht eingeschmiert haben,   Mrs. Cunningham ? Das kann doch wohl nicht wahr sein !"

"Na sicher habe ich mich damit eingeschmiert - wie Sie es mir verordnet haben !", erwiderte die alte Frau mit flackerndem Blick, "Ich tue doch immer, was Sie mir sagen !"

"Dann wundert es mich allerdings nicht mehr, daß Ihr Gesicht in diesem herrlichen Rot leuchtet", stellte ich mit einem schelmischen Lächeln fest. "Diese Tube habe ich Ihnen jedenfalls nicht verschrieben. Ich gebe meinen Patienten nämlich höchst selten die Anweisung, ihr Gesicht mit Zahncrème zu behandeln ! Ich hoffe, Sie haben die Paste wenigstens nicht auch noch mit einer Bürste auf Ihre arme Haut aufgetragen ?"

Zum ersten Mal, seit ich Mrs. Cunningham kannte, war sie absolut ruhig und wußte offensichtlich nichts, aber auch schon gar nichts zu erwidern. Sie hatte ihr Gesicht tatsächlich drei Wochen lang mit Zahncrème gequält, wofür die Haut ja durchaus noch ganz passabel aussah. Selbstredend verordnete ich der guten Helen nunmehr eine starke Heilsalbe, die sie in weiterer Folge penibel nach meinen Anweisungen auftrug. Auf diese Art und Weise sah die Generalswitwe innerhalb weniger Tage wieder wie neu aus und mußte sich sodann doch tatsächlich ein neues Wehwehchen suchen, mit dem sie mich weiterhin beschäftigen konnte.

Ein nicht unwichtiges Detail am Rande: Die neue Therapie tat auch den Zähnen der alten Dame sehr gut: im Gegenzug zur widmungswidrigen Verwendung der Zahncrème hatte Mrs. Cunningham nämlich während der drei Wochen meines Urlaubes ihre Beißwerkzeuge mit der von mir verordneten 'Crème de la Crème' geputzt, was trotz intensivsten Bürstens zumindest keinen Schutz gegen die listigen Kariesteufelchen garantieren konnte.

Die heiße Nacht

Zu den allerselbstverständlichsten Pflichten eines engagierten Landarztes gehört es natürlich auch, gelegentlich Nacht-, Wochenend- oder ab und zu Feiertagsdienst zu versehen. Dabei hat man dann oft noch wesentlich spannendere und sogar amüsantere Erlebnisse zu verzeichnen, als man es sich bei Tageslicht auch nur im entferntesten vorzustellen vermöchte. Das ist aber - gewissermaßen als Entschädigung - auch fast schon notwendig, wenn man bedenkt, wie unerbittlich laut und fordernd ein Telephon etwa um drei Uhr morgens zu läuten vermag. Man möchte dieses Kästchen wohl am liebsten in einem Kübel mit kaltem Wasser versenken, um es zum Schweigen zu bringen; aber was soll's denn schon ? Wenn die Patienten rufen, muß man wohl hinfahren !

Genauso war es auch in jener lauen Frühsommernacht, als gegen zwei Uhr fünfundvierzig (also recht bald nach Mitternacht !) das Telephon mit jener - bereits vorhin erwähnten - geradezu wagnerianisch bombastischen Unerbittlichkeit schrillte, die einem den letzten Funken des wohlverdienten Schlafes aus der Seele treibt. Ungeachtet der späten Stunde begehrte ein gewisser Mr. Dickinson meinen raschesten Besuch, weil er ein starkes Drücken im Herzbereich verspürte. Die eher etwas ältlich klingende Stimme klagte auch über deutliche Atemnot und hörte sich durchaus mäßig keuchend an. Was blieb mir also übrig ? Ich erkundigte mich nach der genauen Adresse und machte mich mit Blaulicht (aber angesichts der späten Stunde natürlich ohne Sirene) auf den Weg nach Shallowcreek, einer kleinen Gemeinde, die ebenfalls zum unmittelbaren Einzugsbereich meiner Praxis gehört. Dort angekommen, tastete ich mich zum beschriebenen Haus vor und ärgerte mich bereits zu diesem Zeitpunkt über die Tatsache, daß die lieben Leute entgegen meiner Bitte ihre Gartenbeleuchtung natürlich nicht eingeschaltet hatten. Ich fand den Bungalow trotz all dieser widrigen Umstände aber dennoch und erklomm sodann auf Schusters Rappen den im Garten gelegenen Stiegenaufgang, bis ich endlich vor der Eingangstüre angekommen war. Nach mehrfachem Läuten regte sich sodann ein leises Schlurfen von Filzpantoffeln und eine dunkle Gestalt erschien hinter der Tür.

"Ach, das ist ja gut, daß Sie da sind, Herr Doktor", begrüßte mich eine Frau von gut siebzig Jahren, "meinem Mann geht es wirklich gar nicht gut ! Hoffentlich können Sie ihm helfen."

"Na, das werden wir schon wieder hinbekommen", versuchte ich die Dame zu beruhigen, "aber führen Sie mich doch zuallererst einmal zum Patienten. Dann können wir weitersehen !"

Durch drei verwinkelte Vorräume hindurch gelangten wir endlich im Gänsemarsch ins Schlafzimmer, wo Mr. Dickinson sein Lager aufgeschlagen hatte. Der gute Mann sah tatsächlich etwas blaß und kurzatmig aus.

"Gott sei Dank, daß Sie da sind, Herr Doktor", stieß er zwischen seinen zusammengepreßten Lippen hervor, "ich halte es fast nicht mehr aus. Mein Herz drückt so stark, als ob ich einen Marathonlauf hinter mir hätte !"

"Na, lassen Sie 'mal sehen, Mr. Dickinson", meinte ich jovial und setzte mich an den Bettrand, "wir werden Sie schon wieder auf Schwung bringen ! Seit wann haben Sie denn diese Beschwerden - und vor allem: was haben Sie denn angestellt ?"

Im ersten Moment konnte ich mir nicht erklären, warum der alte Mann so schockiert und zugleich irgendwie verlegen auf meine Frage reagierte. Er begann zu stottern und lief so rot im Gesicht an, daß eine Tomate wohl vor Neid erblaßt wäre. Mr. Dickinson starrte mich entgeistert an und stammelte in verschwörerischem Ton:

"Warten Sie einen Moment, Herr Doktor; ich muß Ihnen etwas anvertrauen. Darf ich Sie bitten, die Türe zu schließen; meine Frau muß das nicht unbedingt hören."

Ich erfüllte den Wunsch des offenbar etwas seltsamen Patienten und harrte begierig der Dinge, die da kommen sollten.

"Ich habe es Mildred bereits vorher gesagt, aber die kann ja nicht hören und schon gar nicht vernünftig sein. Wissen Sie, ich darf mich körperlich nicht allzusehr anstrengen, aber meine Frau hat dafür kein Verständnis. Wenn es sie überkommt, ist sie absolut nicht zu bremsen. Da kann ich protestieren, wie ich will; es nützt alles nichts. Ich weiß gar nicht mehr, wie ich mich wehren könnte."

Hoppla, da war ich wohl in einen durchaus tiefgreifenden Konflikt über eheliche Pflichten und ähnliche Angelegenheiten hineingeraten. Für solche Fälle hatten allerdings schon die alten Römer einen sehr plausiblen Leitsatz: 'audiatur et altera pars !' (frei übersetzt: ‚man muß sich auch die Version der anderen Seite anhören'). Da ich aber eigentlich keine größere Lust hatte, mich in dieser Angelegenheit zwischen den beiden Pensionisten allzusehr zu exponieren, fragte ich lediglich ganz unverbindlich:

"Und heute war es dann wieder einmal so weit ?"

"Na, und wie Mildred losgelegt hat, Herr Doktor", erwiderte Mr. Dickinson mit einem Anflug von komischer Verzweiflung, "Sie können sich das gar nicht vorstellen. Ich war kurz draußen im WC, und als ich zurückgekommen bin, hat sie mich regelrecht vergewaltigt. Ich habe mich gar nicht wehren können. Sie war so heiß, daß ich gleich gar keine Luft mehr bekommen habe. Na, und dann haben diese stechenden Herzschmerzen begonnen. Herr Doktor, ich flehe Sie an: könnten Sie mich nicht für ein paar Tage ins Krankenhaus schicken, damit ich von dieser sexbesessenen Nymphomanin wenigstens einmal eine gewisse Zeit meine Ruhe habe ? Ich bekomme sonst womöglich wirklich noch einen Herzinfarkt !"

Dem armen, geplagten Manne konnte geholfen werden - ich fand es angesichts dieser Sachlage ebenfalls sinnvoller, eine - wenn auch nur zeitweilige - Trennung von Tisch und (ganz besonders !) Bett anzuordnen. Ich ließ Mr. Dickinson also ins Spital bringen, wo er - in einem Zimmer zusammen mit fünf anderen Patienten liegend - von den Aktivitäten seiner Gattin wohl verschont bleiben würde. Er war mir für diese Entscheidung überaus dankbar und meinte, daß ich ihm damit ganz gewiß das Leben gerettet hätte. Wie es in unserem Dasein aber immer sein muß, hatte die Medaille natürlich auch eine Kehrseite: die gute Mildred war mit mir gar nicht zufrieden. Sie blickte mich beim Weggehen giftig an und raunte mir zu:

"Der soll gar nicht so tun - Spaß gemacht hat es ihm schließlich auch !"

Das Alter

Ein überaus weises Sprichwort indianischen Ursprungs lautete schon vor langer Zeit: 'Man ist so alt, wie man sich fühlt'. Den besten Beweis für diesen Satz habe ich anläßlich eines Hausbesuches bei einer alten Frau gefunden, mit der man sich überaus gut unterhalten konnte. Mrs. Everglade war eine ausnehmend nette Person von knapp dreiundneunzig (!) Jahren, die sich allerdings maximal wie fünfundfünfzig fühlte. Sie war früher Lehrerin in der Grundschule von Flowerfield City gewesen und hatte als solche ganze Generationen von Einwohnern unserer Stadt unter ihren strengen Fittichen gehabt. Seit dem Tod ihres Gatten vor nunmehr auch schon wieder zweiunddreißig Jahren lebte sie alleine. Sie kehrte tagtäglich die Straße vor ihrem kleinen Häuschen und gefiel sich dabei, die gesamte Familie mit ihren Back- und Kochkünsten zu verwöhnen. Gelegentlich benötigte sie dann eine kleine Injection gegen ein hartnäckig wiederkehrendes Ischiasleiden. Nach deren Verabreichung fühlte sie sich dann aber so schnell wieder besser, daß sie meistens noch am selben Tag eine - wie sie es nannte - leichte Arbeit (wie zum Beispiel das Jäten ihrer Gemüsebeete) aufnehmen konnte. Davon vermochte sie nichts und niemand abzubringen; wohl nicht einmal ein Anruf des Mannes im Mond hätte Mrs. Everglade von der Schädlichkeit ihres Unterfangens überzeugen können. Doch nun zurück zu besagtem Hausbesuch bei der alten Dame: Wieder einmal hatte sich die pensionierte Lehrerin ihr Kreuz verrissen und daraufhin offenbar postwendend bei mir in der Praxis angerufen. Dabei hatte sie meiner Gattin Beverly mitgeteilt, daß ich mit der üblichen Spritze vorbeikommen und sie von ihren Schmerzen erlösen solle.

Ich tat also, wie mir geheißen und lenkte meinen Jeep

am Nachmittag zum Hause der Patientin. Dort angekommen bereitete ich alles vor und begab mich sodann nach drinnen, um der alten Dame die gewünschte Injection zu verabreichen. Mrs. Everglade begrüßte mich freudig wie immer und fragte sofort, ob sie mir denn wohl eine Tasse Kaffee credenzen dürfe. Dazu pflegte ich niemals nein zu sagen, und so schaltete die gute Frau ihren Espressoautomaten ein. Dabei begann sie wie üblich zu berichten, was es denn in Flowerfield City Neues gab. Dazu ist übrigens anzumerken, daß sich die betagte Dame trotz ihrer lange zurückliegenden Pensionierung noch immer für den gesamten Ort verantwortlich fühlte. Sie konnte ihre frühere Eigenschaft als Lehrerin der Gemeinde noch immer nicht ablegen (und würde dies wahrscheinlich auch in Zukunft niemals schaffen). Also begann sie zu erzählen; genauso, als ob sie dem Direktor über ein paar schlimme Schülerinnen und Schüler zu berichten gehabt hätte:

"Stellen Sie sich vor, Herr Doktor", meinte sie in verschwörerischem Ton, "Mr. Eagleburg hat eine Freundin - und verheiratet ist sie auch noch ! Ich habe es zuerst gar nicht glauben können, aber vor einigen Tagen haben sich die beiden direkt vor meinem Gartentor getroffen. Dann sind sie gemeinsam in seinem Auto weggefahren - aber sicher nicht zum Schachspielen !"

Mrs. Everglade berichtete mir noch mehrere Neuigkeiten dieser Preiskategorie und meinte dann:

"Tja, das wäre eigentlich das Wichtigste von dem gewesen, was sich in unserer kleinen Stadt so tut; ach ja, eines noch: die liebe Cindy Archford wird wohl auch bald sterben; das wundert mich aber nicht, denn die war schon als Schulkind immer recht kränklich. Sie haben Sie doch in der Vorwoche ins Krankenhaus nach Orange Eton geschickt, nicht wahr ?"

Ich nickte etwas ausweichend, weil es zu meinen ehrnsten Prinzipien gehört, die ärztliche Schweigepflicht zu wahren. Aus diesem Grunde konnte ich mich mit Mrs. Everglade natürlich nicht über die arme Mrs. Archford unterhalten, die ich tatsächlich vor einigen Tagen ins

Spital eingewiesen hatte. Es handelte sich dabei um eine ziemlich gebrechliche Frau von allerdings erst zweiundsechzig Jahren, die gewaltige Probleme mit ihrem recht schwachen Herzen hatte. Die Collegen im Krankenhaus von Orange Eton hegten tatsächlich ernste Zweifel, ob sie es schaffen würden, die Patientin durchzubringen. Es mutete allerdings wirklich etwas seltsam an, daß sich die alte Lehrerin Sorgen um ihre mehr als dreißig Jahre jüngere Exschülerin machte !

"Wenn Sie es sagen, wird es wohl so sein, Mrs. Everglade", antwortete ich ausweichend, "aber Sie wissen ja, daß ich Ihnen nichts über andere Patienten erzählen darf."

"Aber ja, Herr Doktor, das ist mir schon klar", gab sich die alte Dame recht jovial, "ich habe Ihnen das ja auch nur so nebenbei berichtet, weil ich möchte, daß Sie über die Vorgänge bei uns immer optimal informiert sind. Und was die arme Cindy angeht, so habe ich ohnehin recht gute Beziehungen zum Krankenhaus in Orange Eton. Einige der Schwestern dort sind ja bei mir in die Schule gegangen; die halten mich schon auf dem Laufenden. Aber wie es halt schon einmal ist im Leben: man kann eben leider nicht verhindern, daß ab und zu ein Mensch stirbt; überhaupt dann, wenn er schon so alt ist wie die gute Cindy. Mögen Sie vielleicht noch eine Tasse Kaffee, Herr Doktor ?"

Ich konnte meinen Ohren kaum trauen. Hatte da tatsächlich eine Frau im biblischen Alter von dreiundneunzig Jahren gemeint, daß es doch gewissermaßen selbstverständlich sei, daß man im Alter von zweiundsechzig Jahren so mir nichts, dir nichts sterben dürfe, weil man dann ja ohnehin schon so übermäßig alt sei ? Die gute Mrs. Everglade hatte wirklich einen tollen Humor; aber - ehrlich gestanden - eigentlich hatte ich das ja (ebenso wie alle anderen Einwohner von Flowerfield City) ohnehin schon vorher gewußt ! In jedem Falle aber war die betagte pensionierte Lehrerin der lebende Beweis für die absolute Richtigkeit des eingangs zitierten alten Sprichwortes.

Die Diät

Im allgemeinen bemüht man sich als Arzt, seinen Patienten wenigstens die elementarsten Grundzüge einer gesunden und modernen Ernährung beizubringen. Es liegt dabei auf der Hand, daß diese Bemühungen nicht immer von Erfolg gekrönt sein können. dennoch gibt es auch dabei Abstufungen in bezug auf Bereitschaft und Kooperationswilligkeit der verschiedenen Ansprechpersonen. Diese allgemein geläufige Tatsache illustriert die folgende Geschichte in ganz besonderem Maße:

Obwohl die Türe zu meinem Sprechzimmer von an sich imposanter Breite ist, bekam ich fast einen Schock, als Mrs. Elliot, eine sechsundvierzigjährige alleinstehende Frau, ihren Körper zu mir hineinschob und sich daranmachte, den Patientensessel durch ihre Figur nachhaltig zu verformen. Die gute Dame ließ sich mit einem wirklich durchdringenden Geschnaufe in die Kissen sinken, wobei die an sich stabile Stahlrohrkonstruktion bedenklich zu krachen begann.

"Sie können sich gar nicht vorstellen, wie schlecht es mir geht, Doktorchen", flötete sie mit einem überaus koketten Augenaufschlag, "ich weiß mir absolut keinen Rat mehr !"

Oh ja - ich konnte mir ihre Seelenbeklemmungen sehr wohl vorstellen; noch mehr bewegten mich momentan allerdings die Nöte meines Patientensessels, der noch immer hörbar unter der gewaltigen Masse knirschte, die sich auf ihm abgeladen hatte. Mrs. Elliot wog nämlich - grob geschätzt - gut und gerne einhundertsechzig Kilogramm, was zwar noch unter dem höchstzulässigen Gesamtgewicht der gegenständlichen Sitzgerät-konstruktion lag, dennoch aber bereits gefährlich nahe am

Zusammenbrechen der Rohre entlangschrammte. Dennoch mußte ich natürlich gute Miene zum bösen Spiel machen und meinte mit gespielter Gelassenheit:

"Was meinen Sie denn damit, Mrs. Elliot ?"

"Sie haben ja keine Ahnung, Doktorchen, wie schwach ich mich fühle", versuchte sie erneut mein Mitleid zu erregen, "meine Kräfte verlassen mich immer mehr. Dabei bemühe ich mich ohnehin tagein, tagaus, genügend Caloriechens zu mir zu nehmen !"

'Na, das kann ja ein schweres Stück Arbeit werden', dachte ich bei mir und fragte mich, wie dieser Katastrophenpatientin denn nun tatsächlich wenigstens die Grundzüge von gesunder Ernährung beibringen sollte.

"Was haben Sie denn heute schon gegessen, Mrs. Elliot ?", wollte ich sodann wissen. "Können Sie mir das ungefähr beschreiben ?"

"Aber natürlich, Doktorchen", flötete sie, "das war ja gar nicht nennenswert Vieles. Am Morgen vier Spiegeleier mit Speck und Schinken, drei Toasts und zwei Tassen Kaffee. Dann habe ich noch zwei Krapfen verspeist und vorhin habe ich mir im Bistró um die Ecke noch zwei Baguettes geholt, weil ich bei Ihnen so lange warten habe müssen. Das ist doch aber wirklich recht mager für einen erwachsenen Menschen wie mich. Finden Sie nicht auch, Doktorchen ?"

Doktorchen fand nicht, aber das konnte man der guten Frau ja nicht so direkt ins Gesicht knallen. Also atmete ich tief durch und versuchte, mich dem Problem von der anderen Seite her zu nähern:

"Sie sollten die ganze Sache nicht so sehr von der Menge her betrachten, Mrs. Elliot", hörte ich mich sagen, "es kommt vielmehr darauf an, was man zu sich nimmt. Sie müssen Ihre Ernährung halt ein wenig umstellen. Essen Sie doch beispielsweise mehr Salate und Vollkorngebäck. Ein Müsli ab und zu wäre auch eine gefragte Sache, Mrs. Elliot, und für das eine oder andere Glas Yoghurt wären Ihnen Körper und Darmflora gleichermaßen dankbar. Wenn Sie Ihre Ernährung in diese Richtung hin umstellen, dann werden Sie einiges an

Gewicht abnehmen und außerdem noch wesentlich gesünder leben."

Die positiven Nebenaspekte für meinen Patientensessel erwähnte ich dabei zwar nicht, ungeachtet dessen hatte ich aber den durchaus deutlichen Eindruck, daß mir das Sitzgerät dankbar zunickte.

"Aber, Doktorchen", säuselte Mrs. Elliot nach meinem improvisierten Vortrag, "das können Sie mir doch nicht antun ! Da verliere ich ja alle meine Kräfte, wenn ich mich nur mehr von Grünzeug und Körnern ernähren soll. Das ist was für jugendliche Asketen, aber doch nicht für eine gestandene Frau wie mich. Nein, mein Lieber - ich bin zu Ihnen gekommen, weil ich einen Rat oder ein Medikament zum Abnehmen will, bei dem ich so weiteressen kann wie bisher !"

Nun war die Katze also aus dem Sack ! Weiteressen wie bisher, eine Pille dazu schlucken und als Nebeneffekt noch abnehmen - so stellte sich die gute Mrs. Elliot also ihre Genesung vor. Da konnte ich mir wohl den Mund fusselig reden; leicht würde diese Dame sicher nicht auf den tugendhaften Pfad einer gesunden Ernährung zu verweisen sein. In diesem schweren Fall müßte ich offensichtlich eine Art Ersatztherapie ins Auge fassen.

"Nun hören Sie mir 'mal genau zu, Mrs. Elliot", begann ich vorsichtig meinen zweiten Vortrag innerhalb weniger Minuten, "ich werde Ihnen jetzt etwas ganz besonders Gutes verordnen. Sie müssen sich bei der Einnahme aber genauestens an meine Vorgaben halten. Nur dann kann die Therapie auch tatsächlich funktionieren." Sodann erklärte ich der Patientin, wie sie die Produkte anzuwenden hatte. Es handelt sich dabei um Beutel mit einem speziellen Eiweißpulver, das es in verschiedenen Geschmacksrichtungen gibt. Jeweils in der Früh, zu Mittag und am Abend muß man ein solches Säckchen öffnen, den Inhalt mit Wasser verquirlen und das Gebräu dann ratzeputz austrinken. Damit führt man dem Körper alle notwendigen Mineralstoffe und Spurenelemente zu, die er während des Fastens zum Gesundbleiben benötigt. Schließlich wird ihm ja bei einer solchen Radikalkur von heute auf morgen außer diesen spartanischen Mixgetränken praktisch keinerlei Nahrung mehr zugeführt. Ich bemühte mich also redlichst, Mrs. Elliot das Prinzip des ganzen Vorganges zu erklären und hoffte inständig, daß sie sich auch an meine Anweisungen halten würde. Um sie diesbezüglich ein wenig unter Druck zu setzen, gab ich ihr den Auftrag, regelmäßig jede Woche zur Gewichtskontrolle und zur Besprechung des Therapieerfolges in meine Ordination zu kommen, was sie auch tatsächlich zusagte.

Dessenungeachtet kam die monströse Gestalt erst nach knapp einen Monat nach dieser Unterredung wieder in mein Sprechzimmer.

"Wo sind Sie denn so lange gewesen ?" stellte ich die Mrs. Elliot mit deutlicher Mißbilligung in der Stimme zur Rede. "Ich habe Ihnen doch gesagt, daß sie jede Woche sowohl zur Gewichtskontrolle als auch direkt zu mir zur Therapierfolgsbesprechung kommen müssen. Sie sollten meine Anweisungen schon ein wenig genauer befolgen !"

"Aber regen Sie sich doch nicht auf, Doktorchen", säuselte die widerspenstige Patientin mit ihrem üblichen Anflug von Koketterie, "ich war doch ohnehin schon zweimal da. Sr. Mildred hat mich dann immer abgewogen. Ich kann Ihnen diesbezüglich aber mitteilen, daß Ihre Waage offenbar nicht funktioniert, denn anstatt einer Gewichtsabnahme bin ich von Mal zu Mal schwerer geworden. Das kann doch wohl nicht Sinn dieser angeblich so guten Therapie sein. Außerdem ist dieses komische Pulver ganz schön teuer !"

Ich muß zugeben, daß ich ein wenig ratlos war. Da mußte irgendetwas grundlegend schiefgelaufen sein. Bisher hatte ich immer die besten Erfolge mit der 'Nixdik'-Diät gehabt. Fünf oder gar zehn Kilogramm Gewichtsabnahme in drei Wochen waren normalerweise absolut keine Seltenheit. Warum - zum Donnerwetter nocheinmal - hatte diese Patientin dann im selben Zeitraum aber sogar noch sage und schreibe vier Kilogramm zugenommen ? Ich war völlig ratlos !

"Na so teuer kann Ihnen die Kur ja insgesamt nicht

gekommen sein, Mrs. Elliot", feixte ich sodann, "stellen Sie sich doch vor, was Sie sich in diesen drei Wochen alles erspart haben. Schließlich brauchen Sie derzeit ja so gut wie keine Nahrungsmittel einzukaufen. Da fällt doch der Preis für die 'Nixdik'-Beutel gar nicht ins Gewicht."

"Wie meinen Sie denn das, Doktorchen ?", erwiderte Mrs. Elliot mit dem unschuldigsten Augenaufschlag aller Zeiten. "Das kann doch nicht Ihr Ernst sein ? Ich habe auch unter Ihrer Therapie genauso weitergegessen wie zuvor. Hätte ich das etwa nicht dürfen ? Ach ja - jetzt wo Sie das sagen, fällt es mir auf: zeitweise war es tatsächlich etwas mühsam, nach einem kompletten Mittagsmenü noch Ihre 'Nixdik'-Drinks hinunterzuwürgen. Aber ich habe mir dann immer gedacht, ein wenig quälen muß man sich schon für eine makellose Figur !"

Ich war fassungslos; das alles konnte doch nur ein böser Traum sein ! Wozu hatte ich mir den Mund fusselig geredet, wenn diese Katastrophe von einer Patientin ohnehin nicht zuhören konnte oder wollte. Da ißt sie doch tatsächlich zusätzlich zu ihrer 'Nixdik'-Diät ihre normale Kost weiter und wundert sich dann, daß sie damit nicht nur nichts ab- sondern sogar noch einiges zunimmt ! Manchen Leuten ist offenbar wirklich nicht zu helfen ! Jedenfalls dauerte es noch einige Monate, bis sich bei Mrs. Elliot endlich ein paar Kilos verflüchtigten. Das war dann allerdings nicht ihr Verdienst, sondern das Ergebnis eines mehrwöchigen Aufenthaltes in einer speziellen Kuranstalt, wo man ihr die Mahlzeiten sozusagen einzeln und 'caloriechenweise' vorgezählt hat. Dort hat es dann nicht einmal diese Kata-strophenpatientin geschafft, irgendetwas falsch zu machen !

Der Notfall

An einem höchst hektischen Vormittag in der Ordination läutete wieder einmal das Telephon. Meine Gattin Beverly hob wie gewöhnlich den Hörer ab und meldete sich mit der üblichen Formel. Da prustete ein Mann mit aufgeregter Stimme ins Telephon und stammelte förmlich:

"Der Doktor soll schnell kommen, denn der Mutter geht es ganz schlecht ! Ich glaube, sie stirbt gleich !"

Meine Frau nahm die Daten auf, stürzte sodann zu mir ins Sprechzimmer hinein und meinte, nachdem sie mir die Sachlage kurz geschildert hatte:

"Ich glaube, Du solltest Dich beeilen, Sweetheart. Mr. Beagle hat ziemlich aufgeregt geklungen ! Seiner Mutter dürfte es recht schlecht gehen."

Wie in einer solchen Situation üblich, ließ ich alles liegen und schwang mich mit Blaulicht, Sirene sowie allem verfügbaren sonstigen Getöse in meinen Jeep. Unter Mißachtung sämtlicher nur denkbarer Verkehrsregeln düste ich durch die sanfte Hügellandschaft von Flowerfield Citys nach Shallowcreek. Die ganze Gegend war mit Schnee angezuckert und atmete eine gewaltige Harmonie, die in geradezu bizarrem Gegensatz zu meiner momentanen Hektik stand.

Im Ort angekommen, lenkte ich mein Fahrzeug zu der angegebenen Adresse und fuhr in den Hof des Anwesens hinein. Ich stellte das Blaulicht ab, ergriff meinen Koffer und eilte gemessenen Schrittes zur Haustür. Dort stellte ich verwundert fest, daß ich mehrfach klopfen mußte, bis sich im Inneren des Gebäudes etwas regte. Dann endlich, als ich nahe daran war, die Türe einzutreten, machten sich im Vorhaus Schritte bemerkbar, die recht langsam näher kamen. Nach einer offenbar ausgedehnten Schlüsselsuche - ich konnte dies alles natürlich nur erahnen, weil ich ja nach wie vor, unter der beißenden Winterkälte bibbernd, vor der Türe ausharren mußte - begann sich der kleine Metallstift im Schloß zu drehen, bevor er endlich laut knarrend die Türe freigab. Mr. Beagle, der dahinter zu Vorschein kam, sah etwas müde aus und sah mich fragend an:

"Was wollen Sie denn hier ?" meinte er offenbar ehrlich verwundert, was mich denn doch etwas verwirrte.

"Ja, haben Sie mich denn nicht gerade vorhin angerufen, daß es Ihrer Mutter schlecht geht ? Ich habe mich fast zu Tode gehetzt, um so schnell wie möglich hierher zu kommen ! Wo ist denn Mrs. Beagle ?"

"Ach, ja, ich habe Sie wirklich gerufen", murmelte der gute Mann, "das war wohl ein wenig voreilig. Aber kommen Sie nur, die Mutter liegt da hinten."

Mr. Beagle führte mich durch den - wie gewohnt - finsteren Gang in das - wie gewohnt - eiskalte Schlafzimmer und zeigte auf das - wie gewohnt - schmutzige Bett, in dem eine bis an die Nasenspitze zugedeckte Gestalt lag. Ich machte zuallererst einmal Licht, was allerdings ein etwas frustrierendes Erlebnis darstellte. Die Birne in der altertümlich anmutenden Hängelampe verbreitete nämlich eher Dunkelheit denn einen hellen Schein.

Nichtsdestoweniger stellte ich meinen Koffer sodann auf das Nachtkästchen der alten Frau, wo wie immer Unmengen von Tinkturen und Arzneien lagerten, sodaß ich dazwischen kaum ein Fleckchen Platz für mein Instrumentarium finden konnte.

"Na, wie geht es Ihnen denn, Mrs. Beagle ?" begann ich in jovialem Ton zu fragen. "Was tut Ihnen denn weh ?" Da ich keine Antwort bekam, öffnete ich vorsichtig die Bettdecke - und dürfte in weiterer Folge wohl einen recht bemerkenswerten und ausnehmend überraschten Gesichtsausdruck geboten haben, während Mr. Beagle still ein wissendes Lächeln zur Schau stellte und wiegenden Kopfes die Knöpfe seiner Weste nachzählte. Ich tastete nach dem Puls der alten Frau und versuchte einen

Herzton zu erhaschen - vergeblich ! Mrs. Beagle war offensichtlich tot; dies allerdings unzweifelhaft bereits seit einigen Stunden oder sogar Tagen ! Wahrscheinlich hatte die beißende Kälte in diesem Zimmer konservierend gewirkt.

"Sagen Sie doch einmal, guter Mann", wandte ich mich daraufhin erneut dem Sohn der Dame zu, "wann haben Sie denn zum letzten Mal mit Ihrer Mutter gesprochen ? Das muß wohl schon ein Weilchen her sein !"

Mr. Beagle blickte irgendwie starr in die Ferne und meinte traumverloren:

"Da werden Sie wohl recht haben, Herr Doktor, das muß gestern oder vorgestern gewesen sein. Aber sie hat mir schon seit Tagen nicht mehr geantwortet, wenn ich sie etwas gefragt habe."

"Das kann ich mir lebhaft vorstellen", meinte ich zustimmend, "es tut mir leid, Mr. Beagle, aber Ihre Mutter ist offenbar schon seit längerer Zeit tot. Haben Sie das denn nicht bemerkt ?"

"Na, ja, ich habe fast so etwas Ähnliches vermutet", ließ Mr. Beagle daraufhin verlauten, "aber zuerst habe ich mir halt gedacht, daß es ihr guttut, wenn sie sich ein bißchen ausruhen kann."

"Also Sie machen mir aber schon Spaß", versetzte ich daraufhin ein wenig ungehalten, "ich lasse alles in der Ordination liegen und stehen, fahre wie ein Verrückter hierher zu Ihnen und komme drauf, daß Ihre Mutter seit Tagen tot ist. Warum haben Sie mich denn heute so acut gerufen ?"

"Tja, das war halt so eine Idee von mir", meinte Mr. Beagle sodann ein wenig zerknirscht, "wie sie dann gestern und heute gar nicht mehr mit mir gesprochen hat, habe ich gemeint, daß Sie ihr vielleicht eine Spritze geben können, damit sie wieder wach wird."

"Es tut mir leid, Mr. Beagle", erwiderte ich wieder etwas sanfter, „aber Spritzen, die in einem solchen Fall wirken, sind bedauerlicherweise noch nicht erfunden. Lassen wir die alte Frau in Frieden ruhen !"

"Ja, ja", ließ sich Mr. Beagle mit einem hintergründigen

Lächeln vernehmen, "ich kenne das schon: was hin ist, ist hin ! Da kann dann nicht einmal mehr der Doktor helfen."

Mit diesen Worten wandte er sich um und ging schweigend und mit größter Selbstverständlichkeit wieder daran, die Weinflaschen im Regal an der Kellerstiege zu sortieren. Dabei hatte ich ihn offenbar vorhin durch mein Kommen gestört. Ich meinerseits begab mich wieder zurück in meine Ordination und konnte mich lange nicht von den seltsamen - ja teilweise sogar gruseligen - Eindrücken im Hause Beagle lösen.

Die Tropfen für Kevin

Gelegentlich kann es schon einmal passieren, daß ein Patient von lästigen - und natürlich ebenso unerwünschten wie ungebetenen ! - Quälgeistern heimgesucht wird. Da ist es dann nur zu verständlich, daß er diese dann mit den Hilfsmitteln der modernen Pharmazie zu vertreiben sucht. Selbstverständlich sind davon Patienten jeden Alters betroffen, und so kam ein junger Mann an einem sonnigen Dienstagmorgen zu mir in die Ordination. Er schien sich nicht so ganz schlüssig zu sein, wie er denn nun anfangen solle, faßte sich dann aber dennoch ein Herz und entschloß sich, sein Sprüchlein aufzusagen:

"Wissen Sie, Herr Doktor, ich bin gar nicht der Patient", begann er schüchtern, "aber es ist halt schon sehr schlimm, wenn man dem armen Wesen bei seinen Qualen zusehen muß. Können Sie mir nicht irgendetwas Gutes verschreiben ?"

'Könnte ich wahrscheinlich schon', dachte ich bei mir, aber bis jetzt hatte ich keinen blassen Schimmer einer Ahnung, wem denn nun eigentlich was fehlte. Mr. Gillighan - so hieß der circa fünfundzwanzig Jahre alte Witzbold, der mir gerade gegenübersaß - berichtete aber schon weiter. Da würde ich wohl über kurz oder lang den Gegenstand seiner Anfrage erfahren.

"Na, ja, es ist schon sehr schlimm", setzte er fort, "das kleine Würmchen jammert und jammert und wir können ihm nicht helfen. Das ist ganz furchtbar. Dabei bemühen wir uns ohnehin so sehr, daß es ihm an nichts fehlt. Meine Frau trägt das winzige Paket oft die ganze Nacht spazieren, aber so richtig nützen tut gar nichts. Ist das nicht furchtbar schlimm ?"

Nun, ja - wesentlich ärger fand ich die Tatsache, daß

ich noch immer nicht wußte, worum es ging, daß ich aber andererseits auf meinem Computer-Bildschirm eine geradezu endlose Liste von weiteren Patienten ausmachen konnte, die sich bereits im Wartezimmer eingefunden hatten, um mich zu consultieren. So versuchte ich dem guten Mann ein wenig auf die Sprünge zu helfen, indem ich ihm kurzerhand das Wort abschnitt:

"Nun beginnen wir doch einmal der Reihe nach, Mr. Gillighan. Ich kenne mich in Ihrem Bericht leider beim besten Willen noch nicht aus. Wer ist denn nun eigentlich krank, und um welche Art von Beschwerden geht es dabei?"

Der junge Mann sah mich entgeistert an und meinte sodann:

"Das kann man nicht so direkt ausdrücken, Herr Doktor. Wissen Sie, es handelt sich ja nicht um mich oder gar um meine Frau. Das betroffene Wesen ist vielmehr Kevin, unser kleines Kind!"

Ich konnte mir zwar nicht erklären, warum man das nicht sagen können sollte, aber der seltsame Mann würde ja wohl seine Gründe dafür haben. Also bohrte ich weiter:

"Nun, erzählen Sie mir doch schon, was Ihrem kleinen Kevin fehlt, Mr. Gillighan. So etwas Schlimmes wird es doch wohl nicht sein. Wir finden sicher ein Medikament, das ich ihm verschreiben kann. Wie alt ist der kleine Bursche denn überhaupt?"

"Ganze vier Monate zählt er schon", kam die Antwort wie aus der Pistole geschossen und der Vaterstolz leuchtete dem jungen Mann aus den Augen, "er gedeiht ja ohnehin prächtig! Wenn da nur dieses eine Problem nicht wäre, mit dem wir uns seit einigen Tagen herumplagen müssen." Bei diesen Worten bekam Mr. Gillighan einen überaus melancholisch-versonnenen Blick und verstummte plötzlich.

"Wissen Sie, Herr Doktor", meinte er sodann, als er seine Fassung wiedergewonnen hatte, "es ist halt schon sehr schlimm, wenn uns das Kind ständig sosehr bloßstellt. Wir getrauen uns gar nicht mehr, irgendwohin zu gehen. Es ist einfach zu peinlich!"

"Was meinen Sie denn damit, Mr. Gillighan", fragte ich dazwischen, weil ich mich schön langsam überhaupt nicht mehr auskannte, "was um Himmels willen ist denn so furchtbar peinlich ?"

"Na, diese unanständigen Geräusche, die unser Kevin andauernd von sich gibt", platzte es nunmehr aus dem Mann heraus, „was glauben Sie denn, wie die Leute über uns die Nase rümpfen, Herr Doktor ! Man fühlt sich direkt ausgestoßen."

"Aber ich bitte Sie, Mr. Gillighan", erwiderte ich etwas consterniert, "Ihr Sohn kann ja doch beim besten Willen nichts dafür, wenn ihn sein Bäuchlein zwickt. Wie soll er denn in seinem zarten Alter wissen, was hoffähiges Benehmen ist ? Aber unabhängig davon werde ich dem kleinen Würstchen etwas verschreiben, damit dieser innere Druck ein wenig nachläßt. Dafür gibt es durchaus gute Medikamente."

"Ja, ich weiß, Herr Doktor", meinte Mr. Gillighan, "eine Freundin meiner Gattin hat uns da einen Namen aufgeschrieben. Warten Sie, ich habe den Zettel sicher mitgebracht."

Der gute Mann nestelte an seinen Jeans herum und leerte alle nur erdenklichen Taschen aus. Dabei türmte er Berge völlig unnötiger Utensilien auf meinem Schreibtisch auf, das Stückchen Papier mit dem Wundermittel kam jedoch trotz aller Bemühungen nicht zum Vorschein. Ich wurde zusehends kribbeliger, denn Mr. Gillighan kramte noch immer mit aller Seelenruhe in seinen diversen Bekleidungsstücken herum, konnte den Zettel mit dem Wundermittel aber offenbar dennoch nicht finden. Ich meinerseits dachte allerdings an das volle Wartezimmer und wollte den guten Mann gerade zum Weitersuchen an meine versierte Gattin Beverly weiterreichen, als sich bei ihm offenbar doch noch ein veritables Erfolgserlebnis einstellte:

"Jetzt weiß ich, wie dieses Medikament heißt, Herr Doktor", verkündete Mr. Gillighan stolz, "das sind die 'Opel-Tropfen' ! Gut, daß mir das auch ohne meinen Spickzettel eingefallen ist."

Nun war die Katze also aus dem Sack. Ich hatte zwar nicht den blassesten Schimmer davon, was der gute Mann mit 'Opel-Tropfen' meinen konnte, aber ich war ja schon froh, daß ihm wenigstens etwas eingefallen war. Er hätte mir ansonsten mit seiner Zettelsuche womöglich noch die längste Zeit den Ordinationsbetrieb blockiert. Ein Medikament dieses Namens war mir jedenfalls gänzlich unbekannt, und auch mein Computer, den ich per Mausklick zu Rate zog, wußte keine schlaue Antwort, sondern druckte drei Fragezeichen auf den Schirm.

"Tja, da muß es sich um ein ausländisches Medikament handeln, Mr. Gillighan, das ich Ihnen nicht so ohne weiteres verschreiben kann. Ich kenne diese Tropfen ebensowenig, wie mein Computer etwas damit anfangen kann", teilte ich dem jungen Mann mit, "ich werde Ihrem Kevin jetzt allerdings andere Tropfen verschreiben. Sie werden zufrieden sein. Die Blähungen verschwinden damit sicher in ganz kurzer Zeit, und Ihr Junge wird sich wieder wohlfühlen."

Mr. Gillighan schien sich damit zufrieden zu geben. Er bedankte sich und nahm das Rezept, das ich in der Zwischenzeit für seinen Sohn ausgefertigt hatte. Ich meinerseits war froh, diesen enervierenden Patienten endlich losgeworden zu sein und machte mich daran, den Wartezimmerstau ein wenig zu reduzieren und meine Gattin, die draußen noch wesentlich stärker auf Nadeln saß, wieder etwas zu versöhnen.

Drei Tage später - ich hatte Mr. Gillighan und seinen kleinen Kevin längst vergessen - erinnerte mich Sr. Mildred, unsere Ordinationsassistentin, wieder an den strapaziösen Vorfall mit den Opel-Tropfen:

"... und übrigens Herr Doktor - der Vater vom kleinen Kevin hat angerufen. Dem Buben geht es wieder gut, die Winde haben sich offenbar verflüchtigt. Außerdem hat er mittlerweile auch den Zettel mit dem angeblichen Wundermittel gefunden. Dabei dürfte er dann draufgekommen sein, daß er sich ein wenig vertan hat. Mr. Gillighan weiß jetzt nämlich, daß die Tropfen 'Sab' und nicht 'Opel' heißen. Aber er hat gemeint, daß es ja immerhin eine tolle Leistung von ihm gewesen wäre, daß er sich wenigstens gemerkt habe, daß das Medikament nach einer europäischen Automarke benannt sei. Ob diese dann 'Opel' oder 'Saab' heiße, sei letztendlich ja ohnehin völlig egal."

Ich konnte mir wieder einmal ein Schmunzeln nicht verkneifen: was war es doch für ein Glück, daß Mr. Gillighan als gelernter Automechaniker einen derart geschärften Blick für die verschiedenen europäischen Marken fahrbarer Untersätze hatte. Eines war ihm aber offensichtlich dennoch entgangen: genau diese 'Sab'-Tropfen waren es gewesen, die bei seinem Kevin die Winde verscheucht hatten; exakt dieses 'Wundermittel' hatte ich nämlich drei Tage zuvor verordnet. Man sollte halt doch wenigstens ab und zu die Etiketten oder die Beipacktexte von Medikamentenschachteln lesen - auch wenn sie nicht immer an Automarken erinnern !

Der Angriff

Wie jeder Ordinationstag begann auch derjenige Morgen, an dem unser aktuelles Erlebnis spielt, mit den üblichen Dracula-Spielereien - man kann zu diesem Vorgang allerdings auch ganz profan ‚Blutentnahme' sagen. Dies wickelt sich in der Regel folgendermaßen ab: die einzelnen Patienten werden nach der Reihe in eine kleine Kabine gebeten, wo ich bereits mit meinen gräßlichen Werkzeugen -Nadeln, Staugerät, Röhrchen, etc. - auf sie warte. Mit gefletschten Draculazähnen stürze ich mich dann ... - aber nein, so läuft es natürlich nicht ! Die Blutentnahmen werden vielmehr ganz sanft und möglichst schonend durchgeführt, sodaß diese armen - von meinen Nadeln gequälten - Leute nicht nachher womöglich noch eine Transfusion benötigen. Dies alles geht relativ rasch und zügig vonstatten.

Auch an jenem Dienstag war es wieder einmal so, und aus diesem Grunde bat meine Gattin Beverly bereits während der Blutsammlung die erste Injectionspatientin in die von meinem Platz nur durch einen Vorhang getrennte Nebenkabine. Das wäre ja an sich noch nichts Besonderes gewesen, wenn es sich bei der guten Mrs. Blackpool nicht um eine ausgesprochen neugierige Seele - man könnte sie auch ‚stadtbekannte Tratsche' nennen ! - gehandelt hätte. Die alte Dame von immerhin überaus rüstigen sechsundachtzig Jahren war in ganz Flowerfield City für ihr emsiges Mundwerk und ihre stets wachsamen, ungemein listigen Augen bekannt. Mit ihrem Gehstock hirschte sie hurtig durch den Ort und war bei Alt und Jung bekannt, beliebt, aber auch gleichermaßen für ihre scharfe Zunge gefürchtet.

Auch an diesem Morgen konnte Mrs. Blackpool ihre

Neugier ganz und gar nicht im Zaum halten. Es war ja auch wirklich zu interessant, wer denn nun wohl gerade in diesem Moment vom Doktor mit seinen dicken Nadeln gequält wurde ! Das mußte man doch sehen - insbesondere dann, wenn man Mrs. Blackpool hieß ! Also hob die alte Dame ihren Gehstock, machte sich behende schlank und versuchte, mit dem Ende des Steckens den Vorhang an der Karniese ein wenig zur Seite zu schieben. Das hätte ihr schon gereicht, um hindurchzuspähen und nachher großmächtig zu erzählen, wie dieser wehleidige Mr. X beim Blutabzapfen diesmal wieder geschrieen hatte. Diesen Spaß mußte ich der guten Mrs. Blackpool allerdings nachhaltig verderben. Da es nämlich zu meinen obersten Prinzipien gehört, die ärztliche Schweigepflicht und eine angemessene Discretion in der Ordination zu wahren, gab ich dem unteren Ende des Gehstockes einen Schubbs und zog den Vorhang wieder zu. Ein leichtes Grummeln, das auf der anderen Seite des Textils zu hören war, zeugte eindeutig vom Unwillen der alten Dame. Dies kümmerte mich allerdings nicht weiter. Ich beendete unbeeindruckt meine Blutabnahmen und schickte mich sodann an, Mrs. Blackpool ihre Injection zu verabreichen. Dazu stand ich auf und wandte mich dem Vorhang zu, den ich zuvor geschlossen hatte. In diesem Moment verspürte ich einen scharfen Schlag auf meine Stirn. Ich hatte zuerst keine Ahnung, was passiert sein konnte, als ich einen Gehstock durch die Luft sausen sah. Die gute Mrs. Blackpool hatte offensichtlich nochmals versucht, ein wenig durch den Vorhang zu spähen ! Dabei war ich ihr sodann leider mit meinem Kopf in die Quere gekommen.

"Ja, zum Donnerwetter", erhob ich meine Stimme, "was machen Sie denn da, Mrs. Blackpool ? Für dieses Mordinstrument brauchen Sie ja einen Waffenpaß ! Wissen Sie denn nicht, was man mit einem solchen Stock alles anrichten kann ?"

"Das tut mir aber furchtbar leid, Herr Doktor", erwiderte die alte Dame, "aber ich habe gedacht, daß Ihnen vielleicht schlecht geworden ist. Vorher habe ich Sie ja noch beim Blutabnehmen rascheln gehört; aber dann war plötzlich Funkstille. Da habe ich dann befürchtet, daß Ihnen eventuell übel geworden sein könnte. Wir müssen auf unseren Doktor ja aufpassen ! Stellen Sie sich vor, Sie wären uns collabiert - nicht auszudenken !"

Was sollte man auf soviel Unsinn hinauf noch erwidern ? Meine schockierte und sofort herbeigeeilte Gattin Beverly strich mir ein wenig kühlendes Gelee auf die doch ziemlich schmerzende Beule an meiner Stirn, und ich versuchte, bei der Injection, die ich Mrs. Blackpool sodann zu verabreichen hatte, alle aufkeimenden Rachegefühle zu unterdrücken. Unabhängig davon dauerte es allerdings fast zwei Wochen, bis das Andenken an den Angriff der alten Dame wieder verschwunden war - natürlich nicht, ohne zuvor wie ein Chamäleon alle möglichen Farbenspiele veranstaltet zu haben. Seit diesem Tag weiß ich allerdings, wie gefährlich man als Arzt sogar in seiner eigenen Ordination lebt !

Wer suchet, der findet !

Bisweilen wird man als Landarzt mit Problemen konfrontiert, deren Bewältigung einem nur am Rande medizinische Fähigkeiten abfordern. Ein Erlebnis dieser Kategorie hatte ich mit einer durchaus attraktiven jungen Frau, die eines schönen Tages ganz verängstigt zu mir in die Ordination kam. Sie begann mir von allem Möglichen zu erzählen, ich bemerkte jedoch sehr schnell, daß sie nur um den heißen Brei herumredete. Woraus dieser allerdings bestand, davon hatte ich auch nach weiteren zehn Minuten noch keinen blassen Schimmer. Mrs. Dundee erzählte mir von den schulischen Erfolgen ihrer beiden Söhne, von den zermürbenden Frauengeschichten ihres Göttergatten und von den Boshaftigkeiten ihrer im selben Haushalt lebenden Schwiegermutter. Alles in allem war die gute Florence - so hieß sie mit ihrem Vornamen - sicher nicht im bestmöglichen seelischen Zustand. Dennoch wußte ich noch immer nicht, was sie denn nun eigentlich von mir wollte. Es half nichts, ich mußte der Geschichte ein wenig auf die Sprünge helfen, sonst würde ich wohl noch um Mitternacht in der Ordination sitzen und mir die Familiengeschichten der Dundees anhören.

"Nun sagen Sie doch einmal, Florence", begann ich vorsichtig, "wie sieht denn das nun aus ? Was kann ich denn für Sie tun ? Sie sind doch heute wohl nicht zu mir gekommen, um mir diese ganzen Geschichten über Ihre Familie zu berichten, die Sie mir jetzt schon erzählt haben ?"

Bingo - das hatte offenbar exakt gesessen ! Mrs. Dundee wurde abwechselnd blaß, grün und rot. Sie schnappte nach Luft, faßte sich dann jedoch und meinte:

"Sie haben ja recht, Herr Doktor ! Es hilft nichts, ich

muß Ihnen reinen Wein einschenken - sonst können Sie mir natürlich nicht helfen. Also hören Sie mir gut zu: was mein Gatte mir seit einiger Zeit an Untreue bietet, habe ich Ihnen bereits vorhin beschrieben. Es darf einen dabei nicht verwundern, daß man als Frau dabei abstumpft und jede Freude an der Beziehung verliert. So ist es mir auch gegangen; allerdings schon vor längerer Zeit. Wir leben seit Monaten nur mehr nebeneinander her. Wundert es Sie da, daß ich mir auch einen Geliebten gesucht habe ? Ich bin schließlich nicht so häßlich, daß ich keine Chancen mehr hätte. Der Mann ist ein Arbeitskollege von mir und natürlich ebenfalls verheiratet. Auf diese Weise kann es keine Komplikationen geben, denn ich möchte mich keinesfalls scheiden lassen. Wir haben beide unseren Spaß und sind einander zu nichts verpflichtet. Sie können darüber denken, wie Sie wollen, Herr Doktor, aber wir sind mit dieser Situation durchaus nicht unzufrieden."

"Es liegt mir ferne, mich in Ihr Privatleben einmischen zu wollen, Florence", erwiderte ich ein wenig genervt ob des ausschweifenden Vortrages, "aber warum sind Sie zu mir gekommen, wenn ohnehin alles in bester Ordnung ist ? Und vor allem: wie und wodurch kann ich Ihnen helfen ? Kommen Sie doch bitte endlich zur Sache !"

"Immer langsam mit den jungen Pferden", meinte Mrs. Dundee und hatte ihre anfängliche Scheu jetzt total abgelegt, "darauf kommen wir gleich. Vance und ich haben natürlich keine Möglichkeit, uns offiziell zu treffen. Daher fahren wir - sooft es sich einrichten läßt - hinaus auf den Highway und mieten uns dort im nächstgelegenen Motel unter falschem Namen ein Zimmer. Das haben wir auch gestern getan; nur ist die Sache diesmal ein wenig anders verlaufen, als wir es ansonsten gewohnt sind."

Mrs. Dundee machte eine Kunstpause und setzte dann mit bedeutungsvoller Miene fort:

"Wissen Sie, Herr Doktor, man kann den Männern ja nicht über den Weg trauen. Vance behauptet zwar, mir treu zu sein, aber niemand weiß, wie viele Freundinnen er neben mir zusätzlich noch beglückt. Daher ist es für mich selbstverständlich, daß wir Condome verwenden, zumal

Sie mir ja außerdem die Pille aus gesundheitlichen Gründen verboten haben. Nun ja - gestern ist es dann eben passiert. Vance ist ja immer so stürmisch, und plötzlich haben wir bemerkt, daß er das unaussprechliche Ding nicht mehr an sich hatte. Wir haben keine Ahnung, wo es geblieben ist, aber ich vermute doch, daß er es irgendwo in mir drinnen verloren hat. Könnten Sie da nicht einmal nachsehen, bitte ?"

Nun war die Katze also aus dem Sack ! Jetzt wunderte es mich nicht mehr, daß die gute Florence so lange um den heißen Brei herumgeredet hatte. Ich konnte mir ein leises Lächeln ob dieses kuriosen Problems ohnehin nicht verkneifen, und so schritten wir unmittelbar darauf zur Tat. Ich hatte eine derart spezielle Suchaktion zwar noch niemals zuvor durchgeführt, aber nichtsdestoweniger wurde ich bereits beim ersten Vortasten mit meiner langen   Pinzette fündig. Die Patientin ihrerseits war ebenfalls äußerst angetan vom schnellen und positiven Finale ihres erotischen Unfalls, kleidete sich blitzschnell wieder an, verabschiedete sich eilig mit einem koketten Augenaufschlag und meinte:

"Jetzt muß ich mich aber beeilen, denn Vance wartet draußen schon auf mich. Wir fahren nämlich wieder geradewegs ins Motel und haben sicher auch heute unseren Spaß miteinander !"

Eine Verpackung besonderer Art

Nicht selten gelingt es einem Patienten, seine Umwelt - und insbesondere seinen Hausarzt - total zu verblüffen. Obwohl man in vielen Jahren der Führung einer ländlichen Praxis vermeint, eigentlich fast schon alles erlebt zu haben, was einem Patienten an guten Ideen einzufallen vermag, lauern immer wieder unverhoffte Überraschungen der besonderen Art im Alltag einer Ordination. Ein völlig unerwartetes Erlebnis dieser Preisklasse hatte ich an einem Wochenende, als ich im Bereitschaftsdienst wieder einmal mein Telephon bewachte:

Es war Samstag, und die Zeiger der Uhr tasteten sich langsam an die Mitternachtsmarke heran. Ich saß im Wohnzimmer und hörte gemeinsam mit meiner Gattin klassische Musik, als das Telephon in ungewohnt schriller Tonlage die romantische Stimmung zerriß. Eine aufgeregte Stimme versuchte mir mit ungeordnet aneinandergereihten Wortfetzen irgend einen Sachverhalt in Bezug auf eine Verletzung zu beschreiben. Da ich diesem Wust von heißer Luft beim besten Willen keinen Sinn entnehmen konnte, forderte ich den älteren Mann - so klang zumindest die Stimme ! - auf, mit der Patientin, bei der es sich offenbar um eine Frau handelte, zu mir zu kommen. Die Stimme am Telephon nahm die Einladung dankend an und versprach, in maximal zehn Minuten an Ort und Stelle zu sein.

Tatsächlich läutete es kurz danach an unserer Tür. Meine Gattin öffnete und blickte in zwei Paare ebenso verschreckter wie verstörter Augen, die zu einem älteren Ehepaar gehörten, welches das Licht dieser Erde vor mindestens siebzig Lenzen erblickt haben dürfte. Man konnte sehen, daß den beiden die nächtliche Konsultation überaus peinlich war. Ich konnte mir darauf zwar noch keinen Reim machen, aber es soll ja durchaus vorkommen, daß Patienten ihren Arzt nicht unbedingt aus Jux und Tollerei um Mitternacht aus dem Schlaf klingeln ! Ich versuchte also, den beiden alten Leuten, denen es nunmehr offenbar die Sprache verschlagen hatte, den Grund ihres spätabendlichen Besuches herauszukitzeln. Dies erwies sich allerdings als ungemein schwieriges Unterfangen. Jedesmal nämlich, wenn sich Mr. Jefferson - den Namen hatten mir die beiden wenigstens schon verraten - anschickte, seinem Mund einen Satz entfliehen zu lassen, blickte ihn seine Frau äußerst böse und schweigend an. Daraufhin kniff er blitzschnell die Lippen zusammen und blickte ängstlich in die Runde.

Mir war nach wenigen Minuten klar, daß aus dieser recht einseitigen Unterhaltung nichts werden konnte. Also wandte ich mich direkt an Mrs. Jefferson und ging sozusagen frontal aufs Ganze:

"Nun berichten Sie mir doch einmal ganz genau was geschehen ist, gnädige Frau", begann ich, "ich kann Sie oder Ihren Gatten doch nicht behandeln, wenn Sie mir nicht erzählen, wo die Beschwerden liegen. Was fehlt denn wem von Ihnen beiden ? Wo drückt Sie der Schuh ? Und bedenken Sie bitte bei Ihrer Antwort, daß wir in Riesenschritten auf Mitternacht zugehen !"

Bingo - das hatte gesessen ! Mrs. Jefferson wechselte ein paarmal kurz die Farbe und blinzelte aus den Augenwinkeln heraus kurz zu ihrem Gatten hinüber, bevor sie langsam und stockend ihr Leiden zu beschreiben begann:

"Na, ja, Herr Doktor", begann sie verlegen, während ihr Ehegespons irgendwie schadenfroh in sich hineinlächelte, "eigentlich mag ich mit Ärzten ja überhaupt nichts zu tun haben. Aber es ist halt so - wenn der Leidensdruck groß genug wird, muß man sich wohl oder übel professionelle Hilfe holen."

Diesbezüglich konnte ich der alten Frau nur zustimmen, wiewohl ich noch keinerlei Ahnung hatte, worauf sie hinauswollte. Aber sie sprach ja schon weiter:

"Vor einigen Tagen war es nun so weit: ich habe es einfach nicht mehr ausgehalten. Wissen Sie, wie schmerzhaft Gallensteine sind, Herr Doktor ? Nein, das können Sie auch nicht wissen, außer Sie haben selber welche ! Mir gehören aber jedenfalls die schlimmsten Exemplare, die es auf der ganzen Welt gibt - das hat mir Ihr College Dr. Stanford in Orange Eton bestätigt. Deshalb hat mir dieser wunderbare Mensch ja auch ein ganz besonders wirksames Medikament verschrieben, mit dem ich aber nun leider ein kleines Problem gehabt habe."

"'Kleines Problem' ist aber weit untertrieben", wagte Mr. Jefferson ungefragt einzuwerfen und wurde darob von seiner Gattin mit einem scharfen Blick und einem kräftigen "Halt den Mund, Dich hat niemand gefragt !" bedacht.

"Lassen wir uns von diesem Holzkopf nicht stören, Herr Doktor", fuhr die alte Frau in jovialem - aber doch resolutem - Ton fort, "ich muß Ihnen ja noch den Rest meiner Geschichte erzählen. Ich habe mir dieses Spezialmedikament Ihres Collegen heute aus der Apotheke geholt und ungefähr vor einer Stunde erstmals zu mir genommen, weil die Gallensteine wieder ein wenig zu schmerzen begonnen haben. Dabei dürfte aber irgend etwas schiefgelaufen sein, denn ich kann mir nicht vorstellen, daß man bei der Einnahme eines schmerzstillenden Medikamentes soviel bluten darf !"

Nun war die sprichwörtliche Katze also aus dem Sack. Warum jedoch, zum Donnerwetter, blutet diese Frau, wenn sie ein krampflösendes Mittel im Zusammenhang mit ihren Gallenkoliken schluckt ? Da konnte doch etwas nicht stimmen !

"Jetzt sagen Sie mir einmal, Mrs. Jefferson", nahm ich nun meinerseits die weitere Klärung des Sachverhaltes in die Hand, "wie lange nach dem Schlucken der Tabletten ist denn diese Blutung aufgetreten ?"

"Das hat sofort zu rinnen begonnen, Herr Doktor", erwiderte die alte Frau, "in dem Moment, wo ich das Ding hineingeschoben habe, ist es auch schon losgegangen.

Außerdem hat es entsetzlich wehgetan. Aber wie kommen Sie denn darauf, daß ich das Medikament geschluckt hätte ? Davon kann keine Rede sein; ich weiß doch, wie man Zäpfchen zu nehmen hat ! Ich habe mich nur über eines geärgert: die Erzeugerfirma könnte die äußerste Schicht dieser torpedoartigen Gebilde ruhig etwas hautfreundlicher und ohne scharfe Kanten produzieren."

Ich konnte zuerst beim besten Willen nicht glauben, was mir hier geboten wurde: diese alte Frau hatte offenbar krampflösende Zäpfchen wegen ihrer Gallensteine verschrieben bekommen, die sie im Bedarfsfall zu sich nehmen sollte. Da sie aber augenscheinlich noch nie so ein Ding in Händen gehalten hatte, wußte sie es leider nicht correct zu gebrauchen. Natürlich hatte sie beim Beginn ihrer Gallenschmerzen auch nicht mehr die Zeit gefunden, den Beipacktext durchzulesen. Daher verwendete sie die kleinen Dinger geradewegs so, wie sie sich das vorstellte: sie schob sich das "Torpedo" schlicht und einfach in die dafür vorgesehene Körperöffnung - allerdings ohne vorher die scharfkantige Aluminiumhülle entfernt zu haben. Da darf es dann natürlich nicht verwundern, daß es unmittelbar danach in der entsprechenden Region zu einer massiven Blutung gekommen ist, deren Spuren ich nunmehr dummerweise in allzu deutlicher Form sogar auf meiner Patientencouch zu erkennen vermochte.

Es blieb mir nichts anderes übrig: angesichts der äußerst unangenehmen Verletzung und der bestehenden Gallenkolik mußte ich Mrs. Jefferson auf direktem Weg ins Krankenhaus schicken. Dort wurden die delikaten Schnittverletzungen in Narkose versorgt und bei dieser Gelegenheit auch gleich die unruhigen Gallensteine herausoperiert. Ich meinerseits weise seit damals allerdings jeden Patienten doppelt und dreifach darauf hin, daß Zäpfchen weder geschluckt noch mit ihrer Aluminiumhülle verwendet werden dürfen !

"Saturday Night Fever"

Thank God - it's friday ! - wenn dieser Satz aktuell ist, dann wartet auf einen Landarzt von Zeit zu Zeit unweigerlich der Bereitschaftsdienst am Wochenende. Während andere Leute die freien Stunden genießen, und sich freuen, daß sich die Arbeit der vergangenen Tage dem Ende zugeneigt hat, muß jener Mediziner, dessen Name sich auf den Dienstplan verirrt hat, alle möglichen Wehwehchen kurieren. Daß dies natürlich rund um die Uhr zu passieren hat, ist selbstverständlich und bedarf keiner außertourlichen Erwähnung. An einem solchen Wochenende ist mir einmal eine ganz besondere Geschichte passiert:

Es war gegen acht Uhr p. m. an einem Samstag, an dem ich bereits einiges an Kilometern abgespult, ungezählte Visiten getätigt und so manche Injection verabreicht hatte, als wieder einmal mein Handy läutete. Eine aufgeregte weibliche Stimme teilte mir mit, daß 'das Kind sooooo starke Zahnschmerzen und irrsinnig hohes Fieber' habe. Ich müsse unbedingt kommen und etwas Gutes verschreiben.

Bei solch ungemein dramatischen Anrufen liegt es meistens auf der Hand, daß nie so heiß gegessen wird, wie gekocht worden ist. Daher grummelt das Fieber noch weit unter 38° Celsius herum und die Schmerzen sind vielleicht gerade einmal mittelstark ausgeprägt sind. Da der Teufel aber bekanntlich nicht schläft, bleibt mir auch in einem derartigen Fall nichts anderes übrig, als ungeachtet jeder Uhrzeit eine Visite zu tätigen. Aufgrund der vielen damals gerade aktuellen fiebrigen Verkühlungen war ich allerdings ohnehin noch unterwegs, und so reihte ich die angesagte Adresse in meine durchaus noch recht lange Liste ein. Gegen neun Uhr p. m. lenkte meinen Jeep sodann zum entsprechenden Haus. Dort angekommen, marschierte ich etwa dreißig Meter weit einen recht steilen ansteigenden Fußweg hinauf, um zur Haustür zu gelangen. Unmittelbar davor lehnte ein recht verwegen aussehendes Pärchen in wüstestem Punker-Outfit, das in intensivster Umarmung schmuste und nichts und niemanden um sich herum beachtete.

'Na, den beiden geht's offenbar gut', dachte ich mir und betrat das Haus, wo ich bereits mit dramatischer Stimme empfangen wurde.

"Gut, daß Sie da sind, Herr Doktor", rief mir eine etwa vierzigjährige Frau entgegen, "der arme Bub hat ja solche Schmerzen. Hoffentlich gibt es dafür überhaupt ein Medikament !"

"Na, wir werden das schon hinbekommen, Mrs. Eagleton", hörte ich mich sagen und wartete, daß mich die gute Frau nunmehr zum armen Kindchen führen würde, "wo ist denn der Junge ?"

"Warten Sie einen Moment, Herr Doktor", antwortete die gute Frau, "ich hole ihn gleich her. Buddy, komm - wo bist Du ?"

Die offenbar geplagte Mutter schrie sich fast die Kehle heiser, aber der gute Junge zeigte sich dennoch nicht.

"Lassen Sie doch, Mrs. Eagleton", versuchte ich ihren Eifer ein wenig zu bremsen, "ich kann mir das Kind ja auch gleich im Bett ansehen. Wo ist denn das Kinderzimmer ?"

"Dort werden Sie den armen Buben sicher nicht finden, Herr Doktor", bekam ich daraufhin zur Antwort, "Buddy legt sich wegen Fiebers doch nicht ins Bett. Warten Sie, ich glaube jetzt kommt er !"

Er kam - und wie er kam ! Ich traute meinen Augen kaum: der arme kranke Bub mit den rasenden Zahnschmerzen und dem hohen Fieber schupfte sich bei der Haustüre herein. Er war knapp zwanzig Jahre alt, bot sich in wüstestem Punker-Outfit dar und hatte seine Freundin, mit der er bei meinem Eintreffen vor einigen Minuten schmusenderweise draußen gelehnt war, im Schlepptau.

"Was willst Du von mir, Vorfahrin ?", herrschte er seine Mutter an, "Du störst uns beim Petting !" Dabei kam er mir mit seiner drohenden Haltung durchaus bedenklich nahe.

"Aber, bitte, schau Dich doch um, mein lieber Buddy", säuselte Mrs. Eagleton blaß, "der Herr Doktor ist gerade gekommen und wird Dich von Deinen schlimmen Zahnschmerzen befreien. Ist das nicht nett von ihm ?".

Da konnte ich der guten Frau nur beipflichten. Ich fand es ebenfalls unbeschreiblich nett von mir, wegen dieses absolut kafkaesken und total mißlungenen Elvis-Verschnitts eine nächtliche Visite zu machen. Hatte ich denn nichts Besseres zu tun ? Nun ja - hilft nichts; Zahnschmerzen tun nun einmal verteufelt weh ... und außerdem hat der arme Bub eben auch so hohes Fieber ! Dafür wird aber wohl eher die Marilyn Monroe-Kopie - wäre sie wohl gerne ! - an seiner Seite verantwortlich sein, die geradezu wie angeklebt an ihm hing. All meinen innerlichen Emotionen zum Trotz bemühte ich mich ein wenigstens halbwegs freundliches Gesicht zu machen und raffte mich zu ein paar unverbindlichen Worten auf:

"Na, dann wollen wir doch 'mal sehen, was wir für die schlimmen Zähnchen tun können, junger Mann !", meinte ich und handelte mir dafür eine recht barsche Antwort ein:

"Dann machen Sie 'mal schnell, sie spießiger Quacksalber ! Wir haben heute schließlich noch etwas vor. Glauben Sie, daß die in der Disco ewig auf uns warten ?"

Diese Worte quittierte das surreale Geschöpf an seiner Seite mit einem süßsauren unterschwelligen Glucksen, das wohl einem Lächeln entsprechen sollte. Mich hingegen konnte das seltsame Gehabe der beiden nicht mehr beeindrucken. Ich verschrieb dem 'armen, fiebernden Buben mit den argen Zahnschmerzen' ein paar Tabletten und ermahnte ihn, diese nicht zusammen mit Alkohol zu konsumieren, wenn ihn das Saturday night fever so richtig gepackt haben würde. Ob er das Rezept in der Apotheke in weiterer Folge dann auch tatsächlich eingelöst hat, habe ich niemals erfahren. Vielleicht hat er seine Schmerzen auch nur ganz einfach in Gin und Bloody Mary ertränkt, was seiner Begleitung in jedem Fall sowieso nur ein hintergründiges Grinsen entlockt hätte.

Mrs. Eagleton war der gesamte Auftritt allerdings mehr als peinlich. Offenbar hatte sich wenigstens sie noch ein Minimum an Gefühl für den Umgang mit anderen Menschen bewahrt.

"Machen Sie sich nichts draus", rief ich ihr beim Weggehen noch zu, "aber sagen Sie mir beim nächsten Mal schon am Telephon, was für Spezialpatienten mich hier bei Ihnen erwarten !"

Der lange Weg der Spritze

elegentlich kann es durchaus sehr schwierig sein, einem Patienten zu erklären, wie und warum das Medikament, das er gerade verordnet bekommen hat, auch tatsächlich zur Wirkung gelangt. Besondere Probleme bereitet dabei oft die Tatsache, daß es für manche Leute nicht von vorneherein durchschaubar ist, nach welchem Mechanismus ihm eine Spritze oder eine Tablette zu helfen imstande ist. Zu diesem Stichwort fällt mir ein ganz besonderes Erlebnis ein, das ich vor vielen Jahren hatte:

Ich wurde äußerst dringlich zu einem Patienten gerufen, der über furchtbar starke Genickschmerzen klagte. Paul F. Bancroft, der in ganz Flowerfield City bekannt dafür war, daß er mit Vorliebe jungen Mädchen nachzusehen pflegte, hatte sich offenbar einen Nerv im Bereich der Halswirbelsäule eingeklemmt. Es sah ganz so aus, als ob er seinen Kopf wieder einmal ein wenig zu stark gedreht und einem hübschen weiblichen Wesen nachgestarrt hatte. Jedenfalls lag Mr. Bancroft nun fast regungslos im Bett und wimmerte leise vor sich hin. Es sah nicht sehr gut aus mit ihm; alles deutete auf eine äußerst langwierige Geschichte, ja womöglich sogar auf einen gefährlichen, überaus unangenehmen und sohin absolut folgenschweren Bandscheibenschaden hin.

"Lassen Sie es gut sein, Mr. Bancroft, und machen Sie sich keine Sorgen", versuchte ich den armen Teufel ein wenig aufzumuntern, "wir kriegen die Geschichte schon wieder hin ! Sie werden sich wundern, wie Sie in einigen Tagen wieder den jungen Mädchen nachschauen werden."

Ganz glaubte ich meinem eigenen Optimismus zwar selber nicht, aber dem Patienten wäre ja wohl nicht damit geholfen gewesen, wenn ich mich seinem Jammern angeschlossen hätte. Ich untersuchte den guten Mann also gründlich, packte in weiterer Folge meine Ausrüstung aus und bereitete eine große Injectionsspritze mit einer dramatisch aussehenden roten Flüssigkeit vor. Mr. Bancroft fixierte das Instrument zwar etwas ängstlich; letztendlich obsiegte bei ihm aber der dringende Wunsch nach Erleichterung. Also suchte ich mir eine geeignete Einstichstelle auf seiner linken Popó-Backe aus und stach kräftig zu. Die Aktion war recht rasch vorbei und ließ sich ohne größeres Geschrei vonseiten des Patienten vollenden. Dieselbe Prozedur wickelte sich auch an den folgenden beiden Tagen wieder ab. Erst danach war Mr. Bancroft soweit wiederhergestellt, daß er mich in der Ordination aufsuchen konnte. Er schaffte es zum Leidwesen seiner Frau tatsächlich bereits wieder, den jungen Mädchen auf der Straße nachzusehen. Dabei lief er natürlich Gefahr, sich gleich wieder einen Rückfall einzuhandeln. Dies war aber offenbar nicht sein größtes Problem; etwas anderes bewegte ihn augenscheinlich wesentlich stärker, wobei es allerdings sehr lange dauerte, bis er schön langsam mit der Sprache herausrückte:

"Sagen Sie einmal, Herr Doktor", begann er verlegen, "ich muß Sie da etwas fragen. Sie haben mir in den letzten Tagen einige Spritzen gegeben, und ich kann nicht behaupten, daß mir diese Stiche angenehm gewesen wären. Aber eines ist mir dabei überhaupt nicht klar: diese Injectionen haben mir wirklich geholfen; das kann ich nicht bestreiten."

Mr. Bancroft stockte in seiner Erzählung und mir schien es einfach so zu sein, daß ihm das, was er mich fragen wollte, schrecklich unangenehm war. Was konnte das sein ? Ging es um junge Mädchen, denen der alte Schwerenöter so gerne nachzuschauen pflegte ? Hatte ihn seine gestrenge Frau deswegen wieder einmal zur Rede gestellt ? Oder bedrückte ihn etwas ganz anderes ?

"Heraus mit der Sprache, Mr. Bancroft", versuchte ich dem so seltsam verklemmten Patienten ein wenig auf die Sprünge zu helfen, "was haben Sie denn nun wirklich auf dem Herzen ? Und warum ist es so seltsam, daß Ihnen meine Injectionen geholfen haben. Ich habe mein Geschäft ja schließlich auch gelernt !"

"Ja, ja, Herr Doktor, das bestreite ich doch nicht", beeilte sich Mr. Bancroft zu versichern, "darum geht es auch nicht. Ich muß Sie nur etwas fragen, was mir keine Ruhe läßt, ich fürchte aber, daß Sie mich danach für exemplarisch dumm halten werden !"

Da schau her, soviel Sensibilität hätte ich diesem Mann ja gar nicht zugetraut ! Ich beeilte mich, ihm zu versichern, daß ich ihn keineswegs für dumm oder ungebildet halten würde - egal, welche Frage er mir auch stellen mochte. Dies schien ihn offenbar nun doch dazu zu bewegen, mit der Sprache herauszurücken:

"Wissen Sie, Herr Doktor", versuchte Mr. Bancroft einen neuen Anlauf, und man konnte ihm die Überwindung, die ihn diese Worte kosteten, förmlich ansehen, "mich bewegt seit Ihrer ersten Injection bei mir folgendes Problem: Sie haben mir die Spritze doch in meinen Popó gegeben, die Schmerzen habe ich aber in der Halswirbelsäule gehabt. Nun erklären Sie mir doch bitte, wie dieses Medikament vom Kreuz hinauf in den Hals kommt !?!"

Das war ja nun wahrlich ein ungemein großes Problem, an dem Mr. Bancroft zu knabbern hatte. Ich versuchte also in weiterer Folge, ihm die Wirkung und die Mechanismen der Verteilung von Medikamenten im Körper ein wenig zu erklären, wobei ich keine Ahnung habe, ob er meine Worte damals tatsächlich verstanden hat. Ich kann jedenfalls nur hoffen, daß die verschiedenen Medikamente - egal, ob sie als Tabletten, Zäpfchen oder in Form von Spritzen verabreicht werden - vom jeweiligen Hersteller tatsächlich einen Plan mitbekommen, der sie den Weg zu ihrem vorgesehenen Einsatzort im Körper finden läßt !

Gute Nachbarschaft

An einem nebeligen Herbsttag kam Mrs. Felbring in meine Ordination und jammerte furchtbar. Sie ließ sich behäbig in meinen Patientensessel fallen und machte einen Gesichtsausdruck, als ob sie gerade in einen ganzen Korb mit Grapefruits gebissen hätte.

"Na, wie steht denn die Lage, Mrs. Felbring", fragte ich sie aufmunternd, "haben Sie sich irgendwo weh getan ?"

"Sie haben ja keine Ahnung, Herr Doktor", antwortete die Patientin mit brüchiger Stimme, "es ist furchtbar schlimm. Seit einer Woche leide ich wie ein Hund. Was glauben Sie, was das für Schmerzen sind !"

"Wo tut es Ihnen denn so stark weh ?", wollte ich wissen, "hat sich Ihr Kreuz etwa wieder gemeldet ?"

"Nein, Herr Doktor, das ist dieses Mal nicht das Problem", antwortete die etwa fünfundfünfzigjährige Patientin mit gepreßter Stimme, "heute habe ich es am Bein ! Aber nein, was heißt denn heute ? Seit Wochen tut es mir im Unterschenkel weh und der Schmerz zieht sowohl hinauf bis ins Becken als auch hinunter bis in die kleine Zehe. Sie müssen mir gute Tabletten verschreiben, denn ich halte das nicht mehr lange aus !"

"Wir werden uns die Sache einmal genau ansehen", meinte ich ein wenig verwundert, denn ich konnte mich erinnern, daß Mrs. Felbring erst vor zwei bis drei Tagen bei mir gewesen war und von einem seit Wochen bestehenden Schmerz kein Wort erwähnt hatte. Also forderte ich sie auf, sich auf der Untersuchungsliege zu placieren und ihre Strumpfhose auszuziehen. Ich war etwas verwundert, daß sie dieser Einladung nur sehr widerwillig nachkam, und holte mir in der Zwischenzeit ihre Kartei auf den Bildschirm meines Ordinationscomputers. Sodann trat ich hinter den Vorhang und begutachtete den schmerzenden Unterschenkel. Ich ließ Mrs. Felbring einige Bewegungen ausführen und legte mein Gesicht in sorgenvolle Falten.

"Das sieht aber gar nicht gut aus", meinte ich dann zur Patientin, "das werden wir gleich mit einer kräftigen Therapie behandeln müssen ! Ich werde Ihnen jetzt eine Injection in den Popó geben, damit Sie bald wieder ohne Schmerzen laufen können !"

"Ach, nein, das ist doch nicht nötig, Herr Doktor - verschreiben Sie mir einfach ein paar gute Tabletten !", antwortete Mrs. Felbring, und ich merkte, daß sie ein wenig nervös wurde. "Bei mir hilft alles, was ich schlucke, sofort und ganz besonders gut !"

"Im Normalfall mag das schon sein, gnädige Frau", erwiderte ich in sehr bestimmtem Tonfall, "aber bei dieser Erkrankung ist eine Therapie zum Schlucken leider ganz und gar unmöglich. Sie würden in einer Woche noch genauso große Schmerzen wir heute haben, und die Sache würde auch auf den zweiten Unterschenkel übergreifen. Sie haben ja keine Ahnung, wie schwer krank Sie sind !" Mit diesen Worten beugte ich mich zur Sprechanlage und gab Sr. Mildred die Anweisung, zwei Ampullen eines hochwirksamen Medikamentes in einer Injectionsspritze aufzuziehen. Dabei handelt es sich um ein Zaubermittel, da normalerweise fast jede Entzündung und nahezu jeden Schmerz sehr rasch und nachhaltig niederkämpft. Was Mrs. Felbring allerdings nicht sehen konnte, war die Tatsache, daß ich dabei die Sprechtaste nicht gedrückt hatte, denn ich wollte nur testen, wie die gute Frau auf meine Worte reagieren würde.

"Tun Sie das nicht, Herr Doktor", rief sie postwendend, "so arg sind die Schmerzen doch gar nicht, daß Sie mir gleich eine solche Bombe injicieren müßten ! Eine Spritze halte ich nicht aus, verschreiben Sie mir doch einfach nur etwas zum Schlucken ! Meine Nachbarin hatte vor einigen Wochen ähnliche Beschwerden, und die waren mit Dolofix-Tabletten nach zwei Tagen wie weggeblasen !"

"Das ist in diesem Fall aber nicht die richtige Therapie, Mrs. Felbring", schenkte ich dem Wimmern der Patientin keine Beachtung und legte noch ein Schäuferl nach, indem in die Show von vorhin wiederholte und wieder, ohne den Microphonknopf zu drücken, mit Sr. Mildred sprach:

"Wo bleibt denn die Injection so lange ?"

In diesem Augenblick war es um die Fassung von Mrs. Felbring geschehen. Ich hätte ihr eine solche Gelenkigkeit gar nicht zugetraut, aber sie sprang auf, als ob sie soeben von einer Tarantel gestochen worden wäre und meinte leichenblaß:

"Es ist alles schon wieder gut, Herr Doktor - machen Sie sich keine Mühe mit der Injection. Ich spüre überhaupt nichts mehr - schauen Sie nur, wie ich mein Bein bewegen kann ! Das muß der Einfluß Ihrer goldenen Hände bewirkt haben - vielen Dank !"

Ich konnte mir ein Lächeln nicht verkneifen, denn diese wundersame Heilung war ja wirklich toll und nahezu unglaublich. Nichtsdestoweniger ließ ich Mrs. Felbring allerdings nicht so leicht davonkommen, denn ich habe es nicht so gerne, wenn mich meine Patienten zu betrügen versuchen. Daher meinte ich zu der Schwindlerin:

"Das ist aber wirklich super, daß meine Hände solche Kraft besitzen. Ich würde Ihnen aber schon raten, daß Sie beim nächsten Mal besser aufpassen, welche Symptome Sie mir beschreiben, Mrs. Felbring. Da ich nämlich Medizin studiert habe, kann ich sehr gut unterscheiden, welche Schmerzen echt und welche nur vorgetäuscht sind. Also sagen Sie mir jetzt sofort, warum Sie mir eine derartige Komödie vorgespielt haben !"

Die Frau sah mich fassungslos an und wechselte ihre Gesichtsfarbe neuerlich - diesmal allerdings von leichenblaß auf tomatenrot ! Sie fühlte sich eindeutig ertappt und stammelte ein wenig herum, bis sie endlich wieder zu einer verständlichen Sprache fand:

"Nun, ja, Herr Doktor, das tut mir leid - ich wollte Sie eigentlich nicht betrügen, aber die Sache ist so: wir haben vor drei Wochen neue Nachbarn bekommen. Die heißen Cronkite und sind aus Nevada zugezogen. Im Augenblick haben sie aber noch keine Krankenversicherung, und daher habe ich gedacht ich könnte Betty dadurch helfen, daß ich für mich Tabletten verschreiben lasse. Die arme Frau hat nämlich seit einigen Tagen starke Schmerzen im Bein - genau, wie ich es Ihnen beschrieben habe. Aber sie will nicht zum Arzt gehen, weil sie eben erst in einem Monat eine Versicherung hat und das ganze jetzt natürlich eine Menge kosten würde. Ich wollte ihr ja nur helfen - sind Sie mir jetzt böse ?"

"Natürlich nicht, Sie Kindskopf !", antwortete ich mit strenger Stimme, aber stellen Sie sich doch einmal vor, ich hätte Ihnen wirklich eine Injection gegeben ! Was hätte da nicht alles passieren können ! Aber machen Sie sich keine Sorgen, ich habe sofort bemerkt, daß Sie mich beschwindeln, und daher habe ich auch den Microphonknopf gar nicht gedrückt, als ich die Injectionen für Sie bestellt habe. Sagen Sie einmal, kennen Sie mich noch nicht lange genug, Mrs. Felbring ? Sie wissen doch ganz genau, daß ich Ihre Nachbarin gratis behandelt hätte, wenn sie noch keine Versicherung hat ! Ich bin doch kein Unmensch, der den Leuten ihre letzte Dollars abknöpft ! Jetzt fahren Sie nachhause und schicken mir diese Betty Cronkite her. Dann werde ich sie mir ansehen und ihr eine passende Therapie verordnen. Ich bin sicher, daß sich in meinem Medikamentenschrank ein paar passende Ärztemuster für sie finden werden. Also vorwärts - sie soll noch am Vormittag kommen !"

Mrs. Felbring freute sich sehr - und dies offensichtlich aus zwei Gründen: erstens hatte sie für ihre neue Freundin doch noch eine passende Therapie organisiert, zweitens aber - und das schien ihr noch wesentlich wichtiger zu sein - war es ihr gelungen, wieder einmal einer Injection auszuweichen ! Dies war ihr nämlich immer schon ein Herzensanliegen gewesen, denn sie haßte Spritzen wie die Pest. Da ich dies aber wußte, seit ich Mrs. Felbring vor vielen Jahren zum ersten Mal gesehen hatte, war es mir ein Leichtes gewesen, ihre Schmierenkomödie zu enttarnen. Jedenfalls war sie für die Zukunft von solchen Scherzchen geheilt, und die gesamte Familie Cronkite zählte ab diesem Tag zu meinem treuen Patientenstamm.

Schlafstörungen

Es war einmal an einem ganz normalen Ordinationstag während eines völlig regulären Praxisablaufes, als eine Lehrerin, die ihre besten Jahre eindeutig schon hinter sich hatte, mein Sprechzimmer betrat. Elizabeth Finley hatte nie geheiratet und ihre gesamte Energie dementsprechend dahingehend verwendet, daß sie sowohl die Kinder von Flowerfield City als auch jene aus der näheren Umgebung über viele Jahre hinweg auf das heftigste drangsaliert und mit moralinsauren Ansichten gequält hatte. Sie legte größten Wert auf die Anrede 'Miss', was viele Leute zu der boshaften Bemerkung verleitete, daß man sich unter einer 'Miß America' wohl etwas gänzlich anderes vorzustellen hätte als eine alte Jungfer von Lizzy's Geblüt. Aber wie dem auch sei - sie war mit zunehmendem Alter um nichts milder geworden - ganz im Gegenteil behaupteten manche Leute, daß ihre Ansichten und Taten im Laufe der Jahre noch an Verschrobenheit zugenommen hätten. Ich war zum Glück nie in der Lage, diese Gerüchte selber hinterfragen zu müssen, hätte für diese Dame aber sicher die passenden Antworten parat gehabt, wenn sie mich mit irgendwelchen Problemen der allgemeinen Weltsicht konfrontiert hätte. Nichts dergleichen hatte Miss Finley an diesem Tage allerdings vor, denn sie schilderte mir ein gänzlich anderes Problem, das sie offenbar seit einigen Tagen massiv bedrückte. Dazu muß man wissen, daß sich die Lehrerin in Ermangelung einer eigenen Familie vor einigen Jahren einen alten, recht gebrechlichen Onkel ins Haus geholt hatte, den sie mit durchaus aufopfernder Hingabe pflegte. Im Gegenzug hatte der arme Mann jedoch nichts zu plaudern und stand völlig unter Kuratel der Lehrerin, die sich damit praktisch auch in ihrem Heim ein höchst privates Exerzierfeld für ihren ungebrochenen Befehlsdrang geschaffen hatte.

Um dieses Hintergrundbild wissend, war ich gespannt, was es denn für ein Problem mit dem alten Samuel Werdingdale geben konnte, denn bei meiner letzten Visite einige Tage zuvor war es ihm den Umständen entsprechend noch prächtig gegangen. Er war - abgesehen von seiner Gebrechlichkeit, die sich nach siebenundachtzig Lenzen schon einstellen darf - bei bester Gesundheit, er aß und trank ausreichend, und natürlich mußte er auch einige Tabletten schlucken, die ich ihm im Laufe der Zeit verordnet hatte. Mit dieser Therapie war er aber recht gut eingestellt und konnte sein Leben in bescheidenem Rahmen durchaus noch genießen. Er las noch immer viele Bücher und beschäftigte sich intensiv mit Kunstgeschichte, denn dieses Fach hatte er einst in San Francisco studiert. Später war er dann über dreißig Jahre hinweg Bibliothekar in einer großen privaten Büchersammlung in einem Vorort von San Diego gewesen. Welche neuen Probleme konnte der alte Sam also verursachen?

"Wissen Sie, Herr Doktor", begann Miss Finley etwas geschraubt, "mein Onkel ist ein durchaus recht umgänglicher Zeitgenosse, und er macht mir auch kaum Schwierigkeiten. Er ißt brav alles, was mein mexikanisches Dienstmädchen kocht, und ansonsten ist er - trotz seines betagten Alters - ohnehin noch völlig selbständig. Man könnte sogar sagen, daß er genauso pflegeleicht ist wie ein Schoßhündchen. Ein Problem habe ich allerdings dennoch mit ihm. Sie wissen ja, daß ich sehr früh aufstehen muß, um rechtzeitig in die Schule zu kommen. Da kann ich es mir nicht leisten, die halbe Nacht wach zu liegen, weil ich irgendwann aufgeweckt werde und dann nicht mehr einschlafen kann. Genau das passiert mir aber seit circa zwei Wochen mit fast täglicher Regelmäßigkeit, denn Onkel Sam sucht mehrmals in der Nacht das WC auf. Da er dabei an meinem Zimmer vorbeischlurfen muß, ist es in diesem Augenblick um meine Ruhephase geschehen. Ich werde beim leisesten Geräusch wach und kann nicht mehr einschlafen - da nützt das schönste Büffelzählen nichts ! In weiterer Folge liege ich dann meistens bis zum Morgen wach. Als Folge davon ist mir der gesamte Tag vermiest, und ich fühle mich absolut nicht gut. Sie müssen mir helfen, Herr Doktor ! Verschreiben Sie meinem Onkel etwas, damit ich meine Ruhe habe. Abgesehen davon dürfte es für ihn ja auch nicht angenehm sein, mehrfach pro Nacht den Gang entlang pilgern zu müssen."

Das war die Reihenfolge, wie sie sich für Miss Finley verbindlich darstellte: zuerst kam ihr Schlafbedürfnis, und wenn dieses gestillt war, hatte sie ja durchaus nichts dagegen einzuwenden, daß von einem entsprechenden Vorgehen vielleicht auch ihr Onkel einen Vorteil haben könnte. Ich nickte jedenfalls zustimmend, obwohl ich die Prioritäten umgekehrt sah, denn für mich stand klarerweise vor allem das Vermeiden der nächtlichen WC-Ausflüge des betagten Mannes an erster Stelle, und wenn die alte Schreckschraube dadurch ein wenig besser schlafen konnte, sollte es mir durchaus auch recht sein. Dies wäre wahrscheinlich sogar für die Schüler von großem Vorteil, denn eine ausgeschlafene Miss Finley würde wohl doch noch um einige Grade leichter als eine übernächtige zu ertragen sein. Ich blickte also in den Monitor meines Ordinationscomputers und musterte das Medikamentenmenü, das Samuel Werdingdale tagtäglich in sich hineinstopfen mußte. Dabei sah ich, daß die Zusammenstellung durchaus schlüssig war und hervorragend paßte. Ich konnte eigentlich keinen Hinweis darauf erkennen, daß sich bei dem Patienten ein gesteigerter nächtlicher Harndrang manifestieren durfte. Er bekam zwar jeden Morgen wegen seines doch recht mitgenommenen und betagten Herzens ein Mittel zur Entwässerung, dies hatte jedoch ein Wirkungszeit von maximal fünf bis sechs Stunden, sodaß die Folgen seiner Einnahme niemals bis in die Nacht reichen konnten. Ansonsten schluckte der alte Mann Tabletten gegen seine Gelenksabnützungen, gegen Durchblutungsstörungen und gegen die Gicht. Nichts von alledem stand jedoch im

Verdacht, einen erhöhten nächtlichen Harndrang auslösen zu können. Wo lag also die Ursache für dieses Symptom, das Miss Finkey nach deren Worten in den letzten beiden Wochen aufgefallen war ?

Ich fragte die Lehrerin nach allen Richtungen hin aus, denn irgendeinen Anhaltspunkt mußte es ja geben. Hatte sich mit der Ernährung etwas geändert ? Machte der alte Mann mehr oder weniger Bewegung ? Trank er mehr ? Aß er weniger ? Ich fragte Miss Finley geradezu Löcher in den Bauch, aber es half alles nichts: ihre Antworten ergaben keinen triftigen Anhaltspunkt für die Lösung unseres Problems. Da es aber irgendeine Ursache dafür geben mußte, versuchte ich noch einen letzten Kunstgriff, der mir schon einige Male gute Dienste geleistet hatte. Ich reichte der Lehrerin ein Blatt Papier und einen Bleistift. Sodann bat ich sie, mir die Medikamente des alten Sam aufzuschreiben. Zusätzlich forderte ich sie auf, auch die Einnahmezeiten und die Dosierungen daneben zu vermerken. Mit dieser Methode kann man oft Fehler aufdecken, die sich bei pflegenden Angehörigen in der häuslichen Routine beim Herrichten und Einsortieren der verschiedenen Tabletten einschleichen. Ich staunte allerdings nicht schlecht, als Miss Finley diese Aufgabe in weniger als zwei Minuten bewältigt hatte und mir ihr Werk mit einer irgendwie fast triumphierenden Geste über den Tisch herüberreichte. Sie hatte tatsächlich ausnahmslos alle Medikamente aus dem Gedächtnis abgerufen und correct angeführt. Auch die Dosierungen stimmten samt und sonders. Lediglich an einem Punkt stutzte ich, und ich glaube fast, daß jetzt ich ein ganz leicht triumphierendes Lächeln aufgesetzt hatte. Heureca - wenn dieser Zettel stimmte, hatte ich die Lösung des Problems gefunden !

"Sagen Sie, Miss Finley", begann ich vorsichtig, "Sie haben sich bei dem Medikament hier doch nicht verschrieben ? Seit wann nimmt Mr. Werdingdale diese Tablette am Abend ? Das habe ich sicher nicht in dieser Form verordnet. Ein Mittel dieser Art nimmt man in der Früh !"

"Ach, das wird etwa zwei Wochen her sein, Herr Doktor", antwortete die Lehrerin, "und das habe ich ihm befohlen. Er trinkt jetzt nämlich jeden Morgen und Mittag zusätzlich ein Vitamingetränk aus dem Bioladen in unserer Straße. Da sind viele wertvolle Stoffe drin, und deshalb habe ich ihm gesagt, daß er seine Tablette für die Entwässerung nicht danach nehmen darf. Ich werde doch nicht dieses teure Zeug dafür kaufen, daß er es wegen seiner Wassertabletten gleich danach wieder ausscheidet. Das wäre doch pure Geldverschwendung - finden Sie nicht auch, Herr Doktor ?"

Meine diesbezüglichen Gedanken waren nicht druckreif, und so fragte ich nur: "Und wann nimmt Mr. Werdingdale denn nun sein Entwässerungsmedikament, wenn er es weder am Morgen noch zu Mittag schlucken darf ?"

"Na, das gebe ich ihm jetzt am Abend", antwortete die Lehrerin prompt, "da trinkt er nur Wasser zum Essen, und das ist nicht so teuer !"

"Gut, Miss Finley", erwiderte ich und mußte mich extrem beherrschen, um dieser alten Schreckschraube nicht einige Grobheiten der Sonderklasse ins Gesicht zu schleudern, "Sie haben also meinen Therapieplan eigenmächtig geändert, was Sie keinesfalls hätten tun dürfen. Aber ist Ihnen denn nicht irgendwann in den letzten beiden Wochen der Gedanke gekommen, daß dies die Ursache für den nächtlichen Harndrang Ihres Onkels sein könnte ? Was glauben Sie denn, warum ich Mr. Werdingdale die Einnahme seiner Entwässerungstablette für den Morgen vorgeschrieben habe ? Doch klarerweise deswegen, weil es wesentlich angenehmer ist, tagsüber mehrfach das WC aufzusuchen, als denselben Vorgang in der Nacht erledigen zu müssen ! Wenn er diese Tablette abends nimmt, muß er klarerweise in den darauffolgenden Stunden das WC bewachen ! Als Lehrerin müßte Ihnen doch das Causalitätsprinzip bekannt sein: einer Ursache folgt eine Wirkung ! Haben Sie davon schon gehört ?" Die letzten Worte trieften geradezu vor Sarkasmus, aber sie hatten nur minimale Wirkung, denn

Miss Finley meinte lediglich völlig unbeeindruckt:

"Gut, Herr Doktor - wenn Sie meinen, werde ich meinem Onkel die Entwässerungstabletten wieder in der Früh geben. Aber eines ist klar: den Vitaminsaft aus dem Bioladen bekommt er dann frühestens zu Mittag. Der ist mir einfach zu teuer dafür, daß er ihn bald nach dem Trinken ins WC trägt und dort wieder von sich gibt ! Auf Wiedersehen, Herr Doktor !"

Mit diesen Worten stand sie auf, kehrte meiner Ordination mit stolzem Blick den Rücken und ließ mich in dem beruhigenden Gefühl zurück, nie mehr bei einer Schreckschraube dieser Categorie in die Schule gehen zu müssen.

Die Sonnenbrille

Bisweilen passieren in einer typischen Landarztpraxis so seltsame Dinge, daß man sie kaum für möglich halten würde, obwohl sie sich verbürgterweise tatsächlich genauso zugetragen haben. Ein solcher Vorfall ist mir in so lebhafter Erinnerung, als ob er sich erst gestern ereignet hätte.

Es war an einem Dienstag, und der August hatte soeben begonnen. Dementsprechend brannte die Sonne auch noch am späten Nachmittag mit unerbittlicher Intensität vom Himmel und röstete alles, was so unvorsichtig war, ihr in die Quere zu kommen. Ich war froh, daß die Aircondition in meinem Jeep klaglos funktionierte und lenkte das Auto zu einer etwas entlegenen Putenfarm, wo einer der Angestellten angeblich Kreislaufprobleme hatte, was angesichts der Temperaturen dieses Sommers niemanden zu verwundern brauchte. Gerade, als ich durch das große Portal der Anlage fuhr, das - offenbar gewollt - an den Eingang der Ponderosa-Ranch aus der Kultserie 'Bonanza' erinnerte, läutete mein Mobiltelephon, und ich hörte am anderen Ende der Leitung die vertraute Stimme von Ed Thackerey. Der Mann war seit Jahren unser Briefträger und stellte in Flowerfield City geradezu eine Institution, ja sogar fast eine Respektsperson dar. Es gab schließlich unter jeder Garantie in der gesamten Stadt keinen einzigen Menschen, dem der gute Mann nicht schon einmal ein Poststück gebracht und kein einziges Haus, das er noch nicht betreten hatte.

"Was brauchen Sie, denn, Ed ?", fragte ich den Postler, "haben Sie sich etwa an einem Paket überhoben ?"

"Nein, Herr Doktor, so arg ist es nicht", erwiderte der Mann mit für ihn ungewohnt nachdenklicher Stimme, denn normalerweise war er um einen Scherz nie verlegen und trug sein Herz darüberhinaus stets auf der Zunge. "Ich muß dringendst mit Ihnen reden - wenn möglich noch heute. Am Telephon sollten wir das allerdings nicht besprechen. Wann darf ich zu Ihnen kommen - könnten Sie eventuell heute noch ein paar Minuten für mich erübrigen ? Ich werde Sie nicht lange belästigen, aber wir sollten uns wirklich unbedingt rasch treffen !"

Ich war ein wenig erstaunt, denn so ernst hatte ich Thackerey noch selten erlebt. Es mußte sich schon um etwas Besonderes handeln, wenn der Mann derart geheimnisvoll und zugleich insistierend auftrat. Ich überlegte, wie sich ein Treffen mit dem Postler am besten einrichten ließ, denn ich hatte noch einige Visiten vor mir und wollte die Verabredung auch nicht erst für den späten Abend terminisieren. Also schlug ich ihm als Treffpunkt gleich die Farm vor, bei der ich gerade eingetroffen war, und wo ich jetzt sicher zwanzig Minuten zubringen würde. In dieser Zeit konnte Thackerey bequem herkommen, und wir würden das Gespräch gleich anschließend an meine Visite über die Bühne bringen.

Tatsächlich traf der Postler nach einer knappen Viertelstunde ein, und wir setzten uns, sobald ich die Behandlung des kreislaufschwachen Farmangestellten beendet hatte, in meinen klimatisierten Jeep.

"Nun sagen Sie doch einmal, Ed - wo brennt es denn ?", wollte ich wissen und war ehrlich neugierig, was mir der Mann zu sagen hatte. Thackerey blickte sehr ernst drein und vergewisserte sich nochmals, daß uns niemand zuhören konnte, bevor er mit verschwörerischer Stimme zu reden begann:

"Ich war heute bei den Millisons, Herr Doktor. Das ist an sich nichts Besonderes, denn ich bin fast jeden Tag dort, weil sie viel Post bekommen. Meistens sind einige Rechnungen dabei, und sehr häufig finden sich auch Mahnungen zwischen den Couverts. Ich glaube, die Leute sind finanziell nicht besonders gut gestellt, aber das ist ja in Flowerfield City ohnehin allgemein bekannt und wundert niemanden. Fred Millison ist schließlich ein

Säufer, der sein ganzes Geld in den Schnaps investiert, und seine Sally ist auch nicht besser, denn die bestellt sich lauter knallige Klamotten bei den verschiedensten Versandhäusern und wirft auf diese Art jenes Geld zum Fenster hinaus, das die Beiden ohnehin nicht haben. Heute waren jedenfalls wieder einige Schimmelbriefe in dem Papierstapel, den ich ihnen liefern durfte."

Ed machte eine kleine Pause, und ich wunderte mich schon, was an dieser Sachlage denn so dringend sein sollte. Die triste Lage der Millisons war stadtbekannt, und darüberhinaus kursierte das hartnäckige Gerücht, daß sie Fred's alten Onkel Samuel Grinch vor zwei Jahren nur deshalb ins Haus genommen hatten, weil er über eine recht ansehnliche Pension verfügte.

"Und was passierte dann ?", versuchte ich Thackerey auf die Sprünge zu helfen, denn der Postler schien den Faden verloren zu haben.

"Ach, ja - ich wollte Ihnen ja erzählen, was in weiterer Folge geschehen ist, Herr Doktor", erinnerte sich der Postler wieder des Grundes unserer Verabredung. "Die ganze Situation bei den Millisons war heute irgendwie ganz anders und komplett surreal. Ich bin - wie üblich - durch den Vorraum hineingegangen und dabei fast - ebenfalls wie immer - über die Legionen von leeren Bierflaschen gestolpert, die dort durch die Gegend purzeln. Dabei habe ich mich schon gewundert, daß es im ganzen Haus so eigentümlich streng gerochen hat. Das war so ein schwerer Duft, vielleicht Sandelholz oder etwas Ähnliches. Irgendeine Komponente, die ich nicht genau zuordnen konnte, war da meiner Meinung nach aber zusätzlich noch dabei. Jedenfalls habe ich das Ganze absolut nicht als angenehm empfunden. Dieser Firlefanz mit solchen Räucherstäbchen ist heute ja sehr modern, und daher riecht man in fast jedem Haus etwas anderes, aber so eine Mischung ist mir bis dato noch nicht untergekommen. Aber gut - ich habe meine Ladung abgeliefert und nicht weiter nach dem Grund für diese Rauchgasattacke gefragt. Dann wollte ich dem alten Mr. Grinch noch seine Pension auszahlen, aber da haben die

Probleme dann begonnen. Stellen Sie sich vor, Herr Doktor, die gute Sally hat gemeint, Fred's Onkel schlafe, und deswegen würde gleich sie das Geld für ihn in Empfang nehmen. Ich habe ihr daraufhin erklärt, daß dies nicht möglich sei, woraufhin sie ein wenig nervös geworden ist. Sie hat mich zu überreden versucht, aber ich bin hart geblieben. Da würde ich ja lieber einen Hund zur Bewachung einer Wurst einsetzen, als diesem Früchtchen die sauer verdiente Pension eines betagten Menschen anzuvertrauen ! Jedenfalls habe ich ihr dann angeboten, die Auszahlung eben morgen vorzunehmen, wenn der alte Sam ausgeschlafen sein würde. Das hat ihr dann aber offenbar auch nicht gepaßt, denn daraufhin hat sie mir vorgeschlagen, daß wir vielleicht doch im Zimmer von Mr. Grinch nachschauen könnten, ob er mittlerweile eventuell aufgewacht wäre. Gut - da hatte ich nichts dagegen, und so sind wir halt nach hinten gegangen. Im Schlafzimmer hat Fred geschnarcht und offensichtlich wieder einmal einen Rausch ausgeschlafen, aber im Raum des alten Mannes war es seltsam still, dafür hat es aber noch intensiver gerochen als im Rest des Hauses. Außerdem waren die Jalousien heruntergelassen, sodaß man kaum etwas sehen konnte. Es war eine gespenstische Szene, die sich mir da geboten hat, und es roch irgendwie noch mehr streng in dem relativ großen, langgezogenen Zimmer. Der alte Mann saß im Bett und hatte trotz des schwachen Lichts eine Sonnenbrille aufgesetzt. Mrs. Millison ließ mich allerdings nicht hinein sondern verstellte mir an der Tür den Weg. Dann meinte sie, daß der Onkel ohnehin wach sei, aber der Einfachheit halber würde sie gleich selber unterschreiben, damit er nicht aufstehen müsse. Ich erklärte ihr daraufhin nochmals, daß dies nicht möglich sei, und habe den alten Mr. Grinch dann direkt angesprochen, was aber ohne Erfolg geblieben ist - er hat mich offenbar schlichtweg ignoriert. Sally hat mich dann wieder bei der Tür hinausgeschoben und nochmals versucht, mich zur Auszahlung der Pension an sie zu überreden, was ich aber selbstredend neuerlich rundweg abgelehnt habe. Wissen Sie, was ich glaube, Herr

Doktor ? Ich getraue mich fast nicht, so etwas laut zu sagen, aber halten Sie es für möglich, daß der alte Sam bereits tot ist, und daß die Millisons nur schnell noch einmal die Pension kassieren wollen, bevor sie ihn sozusagen offiziell sterben lassen ?"

Das war allerdings wirklich starker Tobak. Auch ich mußte zuerst überlegen, bevor ich mir eine Antwort zu geben getraute. Das Ganze klang ja fast ein wenig zu abenteuerlich, aber zuzutrauen wäre diesen Leuten so eine Aktion schon gewesen. Und überhaupt ist es ja immer so, daß man Kriminalfälle nur im Fernsehen für möglich hält, dabei kann man durchaus auch in der Nähe allerlei Ungereimtheiten finden !

"Hören Sie mir gut zu, Ed", meinte ich gedehnt, "wir werden diese Sache klären. Damit können wir aber nicht bis morgen warten. Sie haben Mrs. Millison doch angekündigt, einen neuerlichen Zustellversuch für die Pension des alten Mannes zu machen ?"

Thackerey nickte, und ich fuhr fort:

"Ich werde mitkommen, aber wir erledigen das heute noch. Mich kann die gute Sally nämlich nicht so einfach wegschicken, und den Sheriff holen wir uns auch noch zur Verstärkung. Treffen wir uns in zwei Stunden vor dem Haus der Millisons ?"

Der Postler war einverstanden, und so gingen wir nach genau diesem improvisierten Plan vor. Ich verständigte zuvor noch Sheriff Markley und bat ihn, daß er auch zu den Millisons kommen sollte. Dies war sehr gut so, denn das Bild, das sich uns dort darbot, war derart unbeschreiblich, daß es einer exacten Dokumentation bedurfte. Vorweg gleich einmal eines: der alte Samuel Grinch war wirklich tot, und Ed's Vermutung mit dem Erschleichen der Pension war tatsächlich richtig gewesen. Die unzähligen Räucherstäbchen im Haus hatten einzig und alleine dem Zweck gedient, den Verwesungsgeruch in der Augusthitze zu überdecken, denn die Seele des alten Mannes war offenbar bereits einige Tage zuvor in den Himmel entfleucht. Aus diesem Grunde hatten Sally und Fred ihn sitzend im Bett drapiert und ihm eine

Sonnenbrille aufgesetzt, damit der Postbote den starren Blick des Toten nicht bemerken sollte. Am allergrausigsten war jedoch die Tatsache, daß die Ratten, die im Haus der Millisons offenbar zu den ständigen Gästen zählten, bereits an mehreren Stellen von der Leiche gekostet hatten.

Ich hatte so etwas zuvor natürlich noch nie erlebt und war bis ins Mark erschüttert von einer Lebenssituation, die Menschen dazu bringt, solche Dinge zu drehen. Auch der Sheriff und Ed Thackerey waren sprachlos und letztlich froh, daß die Sache geklärt war und wir alle diesen ungemütlichen Ort wieder verlassen konnten. Der alte Sam wurde in weiterer Folge auf Kosten der Stadt beerdigt, denn all seine Ersparnisse hatten ihm die Millisons ja bereits vor längerer Zeit abgeluchst. Sally und Fred trauerten übrigens sehr stark um den betagten Mann, denn schließlich hatten sie mit ihm ja ihre lukrativste - und vor allen Dingen bequemste ! - Einnahmequelle verloren !

Die schmerzende Injection

I n Millowfalls, einer kleinen Gemeinde, die ebenfalls zum unmittelbaren Einzugsgebiet meiner Praxis gehört, habe ich überproportional viele Frauen älteren Semesters als Patientinnen. Da die meisten von ihnen nicht sehr mobil sind, fahre ich in diesem Ort ungefähr alle zwei bis drei Wochen gewissermaßen meine Runde, um nachzusehen, wer denn wohl etwas brauche, und wen ich vielleicht mit einer Injection in wenig quälen könnte. Einen Fixpunkt im Rahmen dieser Tour stellt das Haus der alten Mrs. Pilgrim dar, die vor vielen Jahren bereits zu meinen Patientinnen der ersten Stunde gezählt hatte.

So kam ich an einem Donnerstag also wieder einmal nachmittags bei der pensionierten Lehrerin vorbei, die – fast wie der große Immanuel Kant, der zeitlebens seiner Geburtsstadt Königsberg überhaupt niemals den Rücken gekehrt hatte - den Ort während ihres gesamten irdischen Daseins nur für einige Jahre verlassen hatte, die ihrer Ausbildung zur Pädagogin gewidmet waren. Normalerweise saß Mrs. Elizabeth Pilgrim bei meinen regelmäßigen Besuchen mit einem Buch in ihrer kleinen hauseigenen Bibliothek, doch an diesem Tag war alles ganz anders, denn aus dem Wohnzimmer des kleinen Backsteingebäudes waren Wortfetzen einer beschwingten Unterhaltung zu hören. Ich ging den Stimmen nach und sah, daß die alte Dame Besuch einer etwa gleichaltrigen Frau hatte, die mir gänzlich unbekannt war.

"Ja, da schau her, wen haben wir denn da ?", meinte ich jovial und begrüßte die beiden Pensionistinnen. "Das sind ja ganz neue Sitten bei unserer Mrs. Pilgrim !"

"Da haben Sie recht, Herr Doktor", antwortete die Lehrerin mit einem freudigen Lächeln, "das ist Mrs. Jane

Cosping. Sie ist eine liebe alte Freundin von mir aus Wyoming und hat sich jetzt bei uns angesiedelt. Ich glaube fast, daß Sie jetzt wieder ein Opfer mehr zum Quälen haben !"

"Aber das wird mir doch ein ausgesuchtes Vergnügen sein, meine Damen !", ließ ich meinen Charme spielen, der insbesondere bei weiblichen Wesen dieser Altersklasse regelmäßig seine Wirkung zeigte. Dies war auch dieses Mal so, denn Mrs. Cosping sah mich strahlend an und meinte:

"Ich werde Ihnen Kopien all meiner Befunde überlassen, Herr Doktor ! Da werden Sie lange brauchen, bis Sie sich durchgeackert haben, denn ich besitze Unmengen solcher Papiere. Aber eines kann ich Ihnen jetzt schon sagen: in Sprinkle Fountain, wo ich bisher gewohnt habe, hat mir der Arzt alle drei Wochen ein Injection für die Durchblutung gegeben. Ich wäre Ihnen sehr dankbar, wenn auch Sie mir diese Wohltat zukommen lassen könnten."

"Nun, da spricht prinzipiell nichts dagegen", erwiderte ich, "damit können wir ohne weiteres beginnen, sobald Sie mir Ihre Befunde gezeigt haben."

Sodann vereinbarten wir den nächsten Besuch im Haus der Patientin, das sie offenbar erst vor einer Woche bezogen hatte, und Mrs. Pilgrim freute sich, daß ihre Freundin nun gleich medizinische Betreuung gefunden hatte.

So vergingen zwei Wochen und ich fuhr wieder meine Tour durch Millowfalls. Wie vereinbart, hielt ich bei Mrs. Cosping und bewunderte gebührend die in ihrem neuen Reich durchgeführten Renovierungsarbeiten. Sodann setzte ich mich neben einen großen Stapel von Befunden und überflog das Wichtigste davon. Nach einer knappen Viertelstunde meinte ich sodann, daß meinerseits gegen die weitere Verabreichung der bisher schon gewohnten regelmäßigen Injectionen zur Förderung der Durchblutung kein Einwand bestünde und schrieb ein entsprechendes Rezept. Danach vereinbarten wir, daß ich Mrs. Cosping alle drei Wochen eine solche Spritze geben würde, und ich verabschiedete mich wieder, um zu der pensionierten Lehrerin zu fahren, wo ich mir noch einige Hintergrundinformationen über die zugezogene alte Dame holen konnte. So wußte die verschwiegene Elizabeth zu berichten, daß ihre Jane in Wyoming als Bibliothekarin gearbeitet hatte und einen eher eigentümlichen Ruf gehabt habe. Sie sei nämlich sehr schwierig im Umgang mit den Leuten gewesen und habe die Besucher eher als Störung denn als Kunden betrachtet. Auch sei sie mit ihrem dortigen Hausarzt sehr rüde umgesprungen und habe den armen Mann bis an die Grenze des Erträglichen mit ihren Pseudowehwehchen genervt.

Nichtsdestoweniger hielt ich meine Verabredung mit Mrs. Cosping natürlich ein und steuerte das Häuschen planmäßig drei Wochen später wieder an. Die alte Dame wartete bereits und ich verabreichte ihr die versprochene Injection. Dieses Spiel wiederholte sich von da an regelmäßig, und ich wunderte mich bereits, daß die pensionierte Bibliothekarin so pflegeleicht war, weil dies den Andeutungen und Erzählungen von Mrs. Pilgrim geradezu diametral widersprach. Ich hatte mich allerdings zu früh gefreut, denn bei einer meiner nächsten Visiten - insgesamt mag es sich dabei um die vierte oder fünfte Injection gehandelt haben - ließ sich die liebe Jane zwar noch pieksen; dann jedoch brach es aus ihr heraus:

"Jetzt muß ich Ihnen aber einmal etwas sagen, Herr Doktor ! Ich kann nicht verstehen, was Sie mit mir machen. Bei meinem früheren Hausarzt in Wyoming war das ganz anders - was tun Sie denn mit mir ?"

Ich hatte naturgemäß keine Ahnung, was Mrs. Cosping mit diesen verqueren Sätzen ausdrücken wollte und dürfte wohl ein ziemlich ahnungsloses oder gar verdutztes Gesicht gemacht haben.

"Was meinen Sie denn, gnädige Frau ?", fragte ich daher mit ehrlichem Interesse, denn ich konnte mir eigentlich nicht vorstellen, was ich denn falsch gemacht haben sollte.

"Nun, es steht mir zwar nicht zu, Sie zu kritisieren,

Herr Doktor", erwiderte die alte Frau mit einem zwar vorsichtigen, aber dennoch scharfen Unterton in der Stimme, "es läßt sich jedoch nicht leugnen, daß mir mein früherer Hausarzt wesentlich stärkere Injectionen verabreicht hat. Ich fürchte fast, Sie geben mir keine richtige Arznei !"

Ich war im ersten Moment total perplex, denn ich injicierte der Dame genau das gleiche Medikament wie ihr früherer Medizinmann in Sprinkle Fountain. Dann jedoch wurde ich natürlich neugierig und fragte:

"Wie kommen Sie denn darauf, Mrs. Cosping ? Die Ampullen, die ich Ihnen verabreiche, stammen von der gleichen Firma und haben exact den gleichen Inhalt, wie jene, die Ihr früherer Hausarzt in Ihrer Krankenakte vermerkt hat. Warum glauben Sie, daß das Mittel nicht wirkt ?"

Die Antwort, die die alte Bibliothekarin dann losließ, brachte mich dann allerdings an den Rand eines Lachkrampfes, den ich tatsächlich nur mit Mühe vermeiden konnte. Ich vermochte es zuerst fast nicht zu glauben, was ich da hörte, aber die gute Jane meinte tatsächlich jedes einzelne Wort todernst:

"Also, gut, dann werde ich Ihnen sagen, was mir nicht paßt: eine richtige Spritze, die auch wirkt, die muß gehörig weh tun ! In Wyoming hat der Stich im Popó furchtbar gebrannt und einen halben Tag lang ordentlich geschmerzt. Das waren Injectionen, die diesen Namen verdienen, aber Sie stechen so, als ob einen eine Gelse piekst - glauben Sie wirklich, daß solche Spritzen wirken können ?"

Ich muß gestehen, daß ich wirklich baß erstaunt war. Bis zu diesem Zeitpunkt, hatte ich mir immer etwas darauf eingebildet, daß ich Nadeln relativ schmerzarm im Körper meiner Patienten zu placieren weiß. Man lernt jedoch nie aus, und daher wußte ich jetzt, daß auch diese Fähigkeit nicht unbedingt der Weisheit letzten Schluß darstellt - zumindest bei manchen Patienten ! Ab diesem Tag habe ich bei der lieben Jane jedenfalls eine Ampulle Vitamin C noch zusätzlich in die Spritze hineingemischt, weil diese Substanz die Eigenart hat, im Popó ganz fürchterlich zu brennen - und das noch dazu für zumindest einige Stunden. Mrs. Cosping war davon geradezu hingerissen und voll des Lobes über dieses neue Medikament, das angeblich sogar noch um vieles besser wirkte, als die an sich kaum zu übertreffende Arznei in Wyoming. Ich freute mich über ihren Enthusiasmus, konnte mich allerdings nicht dazu durchringen, bei der alten Dame auch noch ganz bewußt schmerzhaft zu stechen. Dennoch aber war sie ab diesem Zeitpunkt zufrieden, denn jetzt tat die Spritze gehörig weh, und das muß sie tun, denn sonst kann ja kein 'wirksames Zeug' drinnen sein !

Der Notfall

An einem düsteren Spätherbstnachmittag, als schwerer Nebel in die Straßen von Flowerfield City gekrochen war, läutete mein Mobiltelephon in derart wagnerianischer Tonlage, daß ich sofort einen speziellen Notfall vermutete. Tatsächlich meldete sich die alte Mrs. Countrobe am anderen Ende der Leitung und schnaufte schwer in den Hörer:

"Kommen Sie schnell, Herr Doktor, ich bekomme keine Luft ! Beeilen Sie sich, denn sonst sterbe ich !"

Ich gab der alten Frau einige kurze Anweisungen, wie sie sich bis zu meinem Eintreffen verhalten sollte und suchte einen Platz zum Wenden meines Jeeps, denn ich war gerade in Shallowcreek unterwegs, wo ich ebenfalls eine Visite tätigen wollte. Die hochbetagte Mrs. Countrobe war in diesem Moment aber natürlich wesentlich dringender, und so schaltete ich mein Blaulicht ein und drehte an der Mündung eines Waldweges um. Danach fuhr ich in einem doch recht raschen Tempo wieder nach Flowerfield City zurück, um nach der alten Dame zu sehen. Es handelte sich bei ihr um eine mir seit vielen Jahren bekannte Patientin, die an einer ausgeprägten Angina pectoris litt und aus diesem Grunde immer wieder massive stechende Schmerzen im Brustbereich mit daraus resultierender Atemnot hatte. Dann war die Sache immer recht eilig, denn Zustände dieser Art sind weder angenehm noch auf die leichte Schulter zu nehmen. Also nahm ich sozusagen die Räder meines Autos in die Hand und drückte aufs Tempo, denn offenbar hatte sich wieder einmal ein solcher Anfall der alten Dame bemächtigt. Ich raste durch den finsteren Wald und hoffte, daß sich in den vielen tagsüber schattigen Kurven dieser gewundenen Straße nicht schon kleine Eisfelder gebildet hatten, was aber glücklicherweise doch nicht der Fall zu sein schien. Jedenfalls kam ich in rekordverdächtiger Zeit bei meinem Ziel an und stürmte ins Haus der betagten Frau. Dies war relativ einfach, denn die Tür war nicht abgeschlossen. Ich ging ins Wohnzimmer, fand dort aber niemanden. Das Schlafzimmer war ebenfalls leer, und im Wintergarten räkelte sich nur Mr. Bojangles, der grauweiße Kater des Hauses, der offenbar die Hängematte occupiert hatte. Ich öffnete noch die Türen zu mehreren anderen Räumen, aber von Mrs. Countrobe war nirgends auch nur die geringste Spur zu auszumachen.

Aufgrund dieser seltsamen Situation machte ich mir nun bereits ernsthafte Sorgen. Ich rief bei der Rettungsleitzentrale an und erkundigte mich, ob man in den letzten Minuten eventuell ein alte Frau aus Flowerfield City abgeholt und ins Krankenhaus gebracht habe. Der Disponent am anderen Ende der Strippe verneinte jedoch, und so war ich nach diesem Anruf genauso klug wie zuvor. Ich konnte mir beim besten Willen nicht vorstellen, wohin sich die gute Kate verflüchtigt haben konnte. Sie hatte vorhin am Telephon extrem krank geklungen. Daher war es für mich nicht vorstellbar, daß sie einfach spazierengegangen ein konnte! Sie benötigte sicher acute Hilfe - aber wo, zum Donnerwetter, war sie denn?

Nachdem ich auch noch den Keller - mit einem ähnlich frustranen Ergebnis wie zuvor im Rest des Hauses - inspiciert hatte, fiel mir nicht anderes mehr ein, als noch im Garten Nachschau zu halten. Wer weiß, vielleicht hatte die arme alte Frau ja so sehr nach Luft gerungen, daß sie aus diesem Grund auf der Suche nach einem Platz unter freiem Himmel ins Freie gelaufen war. In diesem Fall konnte sie sich dann jetzt aber nur im Garten hinter dem Haus befinden. Diese Überlegung erschien mir zwar nicht sehr realistisch, aber dennoch beschloß ich nachzusehen, denn ich mußte einfach wissen, was mit der alten Dame passiert war. Also holte ich meine Taschenlampe aus dem Auto und ging am Wintergarten vorbei in den Garten, wobei ich darauf achtete, nicht in den Swimmingpool zu fallen, der zwar abgedeckt und eingewintert, dennoch aber für unvorsichtige Schritte durchaus gefährlich war.

Als ich dann tatsächlich an der Hinterfront des Gebäudes stand, war zunächst überhaupt nichts Auffälliges zu sehen. Dann jedoch sah ich einen schmalen Lichtschein hinter einer dichten Ligusterhecke und hörte ein leises, rhythmisches und staccatoartiges Geräusch. Ich ging ein paar Schritte auf das Gebüsch zu, und das Klopfen wurde lauter. Ich suchte einen Weg, um die Hecke zu umgehen und fand tatsächlich einen Spalt, durch den hindurch ich zur Quelle von Licht und Geräusch gelangen konnte. Dann allerdings traute ich meinen Augen kaum, den der Anblick, der sich mir in dem kleinen Schuppen - von dessen Existenz ich gar nichts gewußt hatte - bot, war einfach surreal. Ich mußte zweimal hinsehen, um sicher zu gehen, daß ich nicht im Begriffe war, einer Halluzination zum Opfer zu fallen. Mitten in dem kleinen Häuschen stand eine höchst aktive und sehr gesund aussehende Mrs. Countrobe, die offenbar bester Dinge war, hervorragend Luft bekam und darüberhinaus – tatsächlich Holz hackte ! Sie bemerkte mich zuerst nicht, und so konnte ich ihr ein wenig zusehen. Ein Scheit nach dem anderen legte sie auf den Hackstock, hob die Arme und ließ das scharfe Werkzeug auf die großen Stücke härtesten Eichenholzes niederrasen, die unter der Wucht ihrer Schläge regelmäßig in mehrere Teile zerbarsten. Da war keine Spur von Atemnot oder gar einem Angina pectoris-Anfall zu bemerken !

"Ja, sagen Sie mir einmal, was machen Sie denn da, Mrs. Countrobe ?", fragte ich und bemühte mich, eine recht grantige Miene zu machen, denn solche Dummheiten konnte man der alten Dame ja wohl nicht ohne Tadel durchgehen lassen ! Eine körperliche Tätigkeit dieses Schweregrades war schließlich für eine Frau von siebenundachtzig Jahren mit einer doch recht komplizierten Herzerkrankung kein Spaß, und außerdem war ich in halsbrecherischer Manier zu ihrem vermeintlichen Notfall gerast !

Die gute Kate war sich aber dennoch keiner Schuld bewußt:

"Na, das sehen Sie doch, Herr Doktor - ich hacke Holz ! Ich möchte mir ja ab und zu ein kleines Feuerchen im Kamin machen. Finden Se nicht, daß so etwas sehr romantisch ist ? Die Zentralheizung ist ja gut und schön, aber fürs Gemüt sind ein paar prasselnde Flammen echter Balsam ! Aber man muß schon auch etwas dafür tun, denn richtig erwärmen tun die Scheiter die Seele nur dann, wenn man sie selber gehackt hat - lassen Sie sich das gesagt sein !"

Was sollte man darauf schon erwidern ? Ich war froh, daß es der alten Dame gut ging, setzte aber dennoch erneut meine strengste Miene auf und meinte, daß sie beim nächsten so rasch vorbeigehenden Angina pectoris-Anfall wenigstens anrufen möge, damit ich mein Auto ein wenig schonen könne und nicht unnötigerweise wie von Furien gehetzt durch die Weltgeschichte rasen müsse.

"Aber ja, Herr Doktor, das werde ich schon machen", meinte Mrs. Countrobe daraufhin, "Sie sollten mir aber ein Mittel für mein Gedächtnis verschreiben, denn ich habe tatsächlich schon vergessen gehabt, daß ich Sie angerufen hatte. Aber jetzt, wo Sie es sagen, fällt es mir wieder ein !"

Ich versprach der alten Dame, mir etwas Diesbezügliches zu überlegen und verabschiedete mich, allerdings nicht ohne sie nochmals ermahnt zu haben, doch ein wenig besser auf ihre Gesundheit zu achten. Sie hat mir auch tatsächlich versprochen, das zu tun, und es muß wohl wirklich so gewesen sein, denn sie hat noch viele Jahre gelebt - länger jedenfalls als viele andere meiner Patienten, die nach außen hin wesentlich robuster als die alte Kate Countrobe ausgesehen haben !

Die Abendvisite

Die dunklen Nächte des Winters hatten in Flowerfield City bereits Einzug gehalten, als mein Telephon eines Abends gegen elf Uhr p. m. - wie immer um diese Zeit in äußerst unangenehmer Tonlage - klingelte. Am anderen Ende meldete sich ein gewisser Peter Herford, ein Highschool-Lehrer, der im Copperfound-Center der Nachbargemeinde Orange Eton Biologie unterrichtete und mit seiner Frau Griselda die ansehnliche Schar von sieben Kindern großzog. Die Familie bot immer wieder ein seltsames, aber auch höchst amüsantes Bild, wenn der jugendliche Nachwuchs in orgelpfeifenähnlicher Manier dahermarschierte, Vater Herford an der Spitze schritt, und die Mutter als Schlußlicht aufpaßte, daß keines ihrer Küken im Altersbereich zwischen vier und fünfzehn Jahren verlorenging. Manche Einwohner von Flowerfield City witzelten ein wenig über den etwas schrulligen Lehrer und behaupteten steif und fest, daß der Grund für den Kindersegen alleine die Tatsache war, daß ein Biologe ja schließlich schauen müsse, daß immer wieder neues Leben erschaffen würde. Jedenfalls waren auch mir die Mitglieder der Familie bereits einige Male durchaus etwas unangenehm aufgefallen, weil sie nach sehr eigentümlichen Grundsätzen lebten, und die Segnungen der modernen Medizin - nobel formuliert - nicht unbedingt freudig annahmen. Dabei ist es mir an sich völlig egal, ob Vater Herford seine Halsentzündung mithilfe passender Medikamente in drei Tagen loswird, oder ob er sich selber durch alternativmedizinische Methoden behandelt und deshalb zwei Wochen daran herumlaboriert - wahrscheinlich freuen sich seine Schüler ohnehin, wenn er ihnen nicht die Ohren mit Biologiestoff vollsäuselt. Der Spaß hört sich allerdings dort auf, wo er seinen Kindern notwendige Impfungen oder sogar wichtige antibiotische Therapien verweigert. Da auf diese Art natürlich unschätzbarer Schaden an der Gesundheit der kleinen Schar seiner Schutzbefohlenen entstehen könnte, hatte ich mit diesem etwas eigentümlichen Pädagogen schon mehrere Sträuße ausgefochten, in deren Rahmen er zwar harte Gegenwehr an den Tag gelegt, sich letztendlich aber immer der Entschlossenheit meines Einsatzes und der Brillianz meiner medizinischen Argumente gebeugt hatte. In jedem Fall war diese Sippschaft nun aber wahrlich genau das, was ich mir als Abschluß eines langen Tages noch gewünscht hatte - meine Freude war demnach grenzenlos, als ich die etwas schnarrende Stimme von Peter Herford in der Muschel meines Telephonhörers identifiziert hatte. Er berichtete etwas umständlich, daß drei seiner Kinder heute abends plötzlich erkrankt seien, und daß sie allesamt hohes Fieber hätten, mit dem seine Frau trotz bester alternativmedizinischer Methoden nicht mehr umzugehen vermochte. Da habe man sich dann doch entschlossen, den Doktor anzurufen, um das Leben der Kinder nicht zu gefährden.

'Na, da schau her', dachte ich mir, 'der komische Vogel wird ja wohl nicht doch noch vernünftig werden !'. Jedenfalls blieb mir nichts anderes übrig, als mich trotz der späten Stunde nochmals anzukleiden und in die Paddingtonstreet zu fahren, um den Orgelpfeifen der Familie Herford einen Besuch abzustatten.

Im Hause des Biologen angekommen, stolperte ich zunächst einmal über drei in ungestümem Übermut herumbalgende - und fürchterlich zerzaust aussehende - Hunde. Es war in dem unordentlichen Vorraum aufgrund unzähliger herumstehender Schachteln allerdings so eng, daß ich beim besten Willen gar nicht hinfallen hätte können. Nichtsdestoweniger hatte ich natürlich verständlicherweise meine helle Freude mit diesem starken Auftritt, denn Hunde sind mir im allgemeinen a priori verdächtig. Dies ist darauf zurückzuführen, daß mich bereits zwei putzige Tierchen dieser Sorte - ein Dackel und ein Spitz - gebissen haben, und zwar unmittelbar nachdem das Frauchen gemeint hatte, dies sei doch wohl das liebste Hünchen auf der ganzen Welt und würde keiner Menschenseele was zuleide tun. Gebranntes Kind scheut das Feuer, und daher nähere ich mich solchen Vierbeinern nur unter größtem Vorbehalt. Aber wie dem auch sei - die drei Wauwaus im Vorzimmer der Herfords beachteten mich ohnehin nicht, und so konnte ich unversehrt bis ins Wohnzimmer gelangen, wo mich die Frau des Hauses mit überaus gestreßter Miene empfing.

"Gut, daß Sie da sind, Herr Doktor !", meinte sie, und man sah ihr an, daß sie mit ihrer großen Familie doch ein wenig überfordert war. "Ich weiß mir nicht mehr zu helfen. David, Malcolm und Leslie sind so schwer krank, daß ich keine Ahnung habe, wie ich das Fieber hinunterbekommen soll. Die drei phantasieren zeitweise sogar, weil sie schon zwei Tage nicht mehr unter vierzig Grad waren."

"Seit zwei Tagen ?", wiederholte ich erstaunt. "Ihr Gatte hat doch am Telephon gemeint, daß die drei heute abends plötzlich erkrankt seien !"

"Ach, Peter - der hat ja keine Ahnung !", antwortete die Frau mit düsterer Miene. "Er will immer, daß ich die Kinder ohne Arzt gesund mache, wenn sie einmal erkrankt sind. Das versuche ich ja auch mit den verschiedensten alten Hausmitteln, aber eine solche Infection, wie sie dieses Mal erwischt haben, kann man mit Wadenwickeln einfach nicht beherrschen. Da braucht es schon eine handfeste Therapie. Aber mein Gatte ist diesbezüglich so stur - gut, daß er jetzt nicht da ist, denn sonst könnte ich nicht so frei mit Ihnen reden, Herr Doktor. Wissen Sie, Peter meint immer, daß die moderne Schulmedizin die Leute erst krank macht, aber er hat natürlich die Weisheit mit dem ganz großen Löffel gegessen und weiß von den Zusammenhängen des Universums und der Medizin mehr als alle Ärzte der Welt zusammen ! Glauben Sie mir - es ist nicht leicht, mit einem Lehrer zusammenzuleben, der es gewohnt ist, allen

Menschen die Welt zu erklären und dabei keinerlei Widerspruch duldet !"

Den Eindruck hatte ich allerdings auch, und als ich die drei kranken Kinder sah, schlich sich eine unbändige Wut in mein Gemüt. Diese armen Würstchen lagen in den Betten und fieberten an der vierzig Grad-Demarkationslinie entlang. Sie hatten allesamt eine mehr als ordentliche Bronchitis, wenn nicht sogar schon eine Lungenentzündung. Ich hörte sie der Reihe nach ab und hatte den Eindruck, das Atmungsorgan des ersten Vorhusters der Lungenheilanstalt von Willow Creek vor mir zu haben. Es war wirklich schlimm, denn diese Kinder hatten offenbar seit Tagen gelitten, weil ihr Vater so verbohrt und engstirnig war, daß er ihnen echte medizinische Hilfe immer wieder consequent verweigerte. Mrs. Herford stand während meiner Untersuchungen wortlos daneben und fühlte sich offensichtlich mehr als unbehaglich.

Gerade in dem Moment, als ich mit dem Ausstellen der Recepte begann, nahm das als Hintergrunduntermalung ständig präsente Hundegebell an Intensität deutlich zu. Mrs. Herford zuckte zusammen und flüsterte mir noch rasch ein paar Worte zu:

"Mein Mann kommt nachhause, Herr Doktor ! Bitte verraten Sie ihm ja kein Wort von dem, was wir vorhin gesprochen haben - sonst würde es mir schlecht gehen !"

Ich blickte auf und sah in die angsterfüllten Augen der Frau, die sich mit flackerndem Blick zur Tür tasteten, durch die Peter Herford soeben das Zimmer betrat. Er trug einen ungepflegten Vollbart und schulterlanges Haar und sah nicht so aus, als ob mit ihm gut Kirschen essen wäre.

"Wie steht die Lage, Medizinmann ?", fragte er mit einem unwilligen Unterton in der Stimme. "Wir haben Sie unnötigerweise hergeholt, nicht wahr ? Aber was soll's - meine Frau ist halt so ängstlich !"

"Diese dummen Bemerkungen können Sie sich sparen, Mr. Herford", antwortete ich und wurde meinerseits ein wenig ungehalten, "Ihre Kinder sind schwer krank, und dieser Zustand dauert offensichtlich schon seit Tagen an. Da ist keine Rede davon, daß die Drei erst heute abends angefiebert haben - die leiden an handfesten schwersten Infectionen im Lungenbereich. Wahrscheinlich haben Sie Ihnen durch Ihre alternativmedizinischen Selbstbehandlungen sogar schon eine Lungenentzündung angezüchtet !"

"Papperlapapp - so arg wird es schon nicht sein !", antwortete der Mann widerborstig und versuchte sich den Anschein einer gewissen Beleidigtheit zu geben. "Ihr Quacksalber glaubt immer, daß nur Ihr recht habt ! Ich gehe jetzt schlafen - gute Nacht !"

Damit wandte er sich um, schubste seine Frau mit einer unwirschen Handbewegung zur Seite und wollte das Zimmer verlassen.

"Aber der Herr Doktor hat doch Medikamente für die Kinder verschrieben, Peter !", wagte Mrs. Herford zaghaft einzuwerfen. "Willst Du uns die denn nicht holen ?"

"Fällt mir doch gar nicht ein !", versetzte der Biologe und ging zur Tür. "Kannst ja selber fahren, wenn Du unbedingt willst !"

"Moment, Mr. Herford", rief ich ihm in diesem Augenblick zu, und konnte fast nicht glauben was ich da gehört hatte, "bleiben Sie da ! Sie werden jetzt nicht zu Bett gehen, sondern schnurstracks in die Apotheke fahren ! Ihre Gattin kann Ihnen diesen Weg nämlich nicht abnehmen, weil Ihre Kinder durch Ihre Schuld krank sehr krank geworden sind ! Wenn Sie mich schon vor einigen Tagen geholt hätten, wäre es gar nicht so weit gekommen, daß die armen Teufel jetzt wahrscheinlich allesamt eine Lungenentzündung haben. Setzten Sie sich ins Auto und fahren Sie zur Apotheke beim Jefferson-Denkmal, denn die hat heute Nachtbereitschaftsdienst. Danach dürfen Sie zu Bett gehen - aber keine Sekunde früher. Und eines sage ich Ihnen noch: ich sehe dieses eine Mal noch von einer Meldung ab, aber wenn mir so ein Vorfall nochmals zu Ohren kommt, werde ich beim Jugendamt Anzeige wegen unterlassener Hilfeleistung gegen Sie erstatten. Sie selber, Mr. Herford, können sich gerne mit Kräutern und

Gräsern behandeln, wenn Sie sich Hilfe davon versprechen, aber Ihren Kindern sind Sie die bestmögliche Behandlung schuldig, die unser Gesundheitswesen zu bieten hat ! Merken Sie sich das - und richten Sie sich in Zukunft danach, sonst werden Sie die Consequenzen zu tragen haben !"

Der Pädagoge sah mich entgeistert an und wagte kein Wort einer Widerrede. Seine Frau warf mir, als ich das Zimmer verließ, einen dankbaren Blick zu, und ich fuhr zufrieden von dannen. Über diverse Umwege habe ich sodann vernommen, daß Mr. Herford seit damals in der Schule ein wenig umgänglicher zu seinen Schutzbefohlenen gewesen sein soll - wer weiß, vielleicht hatte ihn meine kleine Strafpredigt ja doch ein wenig beeindruckt und milder gestimmt. Jedenfalls kam Mrs. Herford seit damals nie mehr zu spät, sondern immer rechtzeitig mit den Kindern zu uns in die Ordination, und sprach noch oft dankbar davon, daß ich der einzige gewesen wäre, der ihrem Mann jemals die Leviten gelesen hätte.